Das Schwert Gottes

Kriminalroman

von

Frank Morsbach

Herstellung und Verlag:
BoD - Books on Demand, Norderstedt
ISBN 978-3-7431-9434-2

Das Schwert Gottes © Frank Morsbach 2017

http://www.frank-morsbach-krimis.de

Die Handlung der Geschichte sowie alle handelnden

Personen sind frei erfunden

1

Werther war vollkommen nackt, als er das Frühstück ins Schlafzimmer brachte. Er sah das Lämpchen seines Anrufbeantworters blinken und ignorierte es. Laura lächelte ihn an, als er das Schlafzimmer betrat.

"Oh, das ist ja ein Service", sagte sie erfreut. Sie hatte sich im Bett aufgesetzt und lehnte mit einem Kissen im Rücken an der Wand. Die Decke, die auf ihr lag, ließ ihren Oberkörper unverhüllt, so dass ihr hübsches Gesicht, umrahmt von den dunklen, leicht gewellten Haaren, die ihr auf die Schulter fielen, und ihre vollen Brüste im Einklang mit der Natürlichkeit ihres Lächelns Werther ein Bild vollendeter Schönheit boten. Ja, er ging auch gelegentlich ins Lenbachhaus und in die Alte Pinakothek, aber wer von der begrenzten Schönheit von Kunstwerken schwärmte, machte sich in letzter Konsequenz lächerlich.

Selbst wenn er gewollt hätte, hätte er keine Chance gehabt.

Dann aber verflogen die Gedanken, die ohnehin nicht weiterführten, und als ob nichts wäre, aßen Laura und er Croissants, tranken Milchkaffee, scherzten und waren glücklich, weil sie dachten, dass der Julitag, dessen Schönheit die ins Zimmer flutenden Sonnenstrahlen bereits ankündigten, ihnen gehörte.

Aber unvermittelt sah sie ihn ernst an und fragte: "Warum ich, warum ausgerechnet ich?"

"Weil du liebevoll, zärtlich, sinnlich, lebensfroh, klug, ausgesprochen sympathisch und außerdem atemberaubend schön bist und ich dich liebe."

"Du bist süß", lachte sie, "Sympathie ist also so wichtig für die Liebe."

"Natürlich. Woran scheitern denn Beziehungen? In erster Linie daran, dass die Partner emotional aneinander kleben, ohne sich wirklich zu mögen."

"Interessant."

"Nahe liegend."

Sie trank den Rest ihres Milchkaffees und sagte dann:

"Wäre es nicht klüger, mir einfach zu sagen, dass du es genießt?"

"Soll ich etwa taktieren?"

"Natürlich nicht."

„Außerdem würde es dich langweilen."

"Es würde mich zumindest nicht belasten."

Er sah sie mit einem Anflug von Spott in seinen Zügen an und sagte: "Gib es doch zu. Es hat für dich auch einen gewissen Reiz."

Sie schüttelte den Kopf. "Nein, hat es nicht. Es ist so, wie es nun einmal gekommen ist."

"Gut, ich bin glücklich, wenn du da bist, und weine nicht, wenn du nicht da bist. Kannst du damit leben?"

"Mal sehen", sagte sie und lächelte ihn an. "Und du möchtest wirklich um den ganzen Chiemsee radeln?"

"Natürlich. Du nicht?"

"Oh, doch. Aber sollten wir da nicht langsam los?"

Werther nickte, aber dann küsste er sie, zuerst sanft und zärtlich, bis sie seine Küsse erwiderte, die nun leidenschaftlich wurden, was einem direkten Aufbruch nicht unbedingt förderlich sein musste, da klingelte es an der Tür.

Werther legte seinen rechten Zeigefinger auf die Lippen, und sie kuschelten sich unter die Decke wie Kinder, die sich versteckten. Es klingelte noch zwei weitere Male, dann schlug der aufdringliche Besucher mit der Faust gegen die Tür. Es waren ruhige, feste Schläge, die Werther an den steinernen Gast aus Molières "Don Juan" erinnerten. Schließlich gab er sich geschlagen, stand auf, zog seine Shorts an und ging zur Tür. Laura beobachtete ihn dabei, sah seinen groß gewachsenen, schlanken, unaufdringlich muskulösen Körper, der ihr verboten gut gefiel, und fragte sich erneut: 'Warum ausgerechnet ich, wo es doch so viele andere gibt?'

Als Werther die Tür aufriss, bestätigten sich seine Befürchtungen.

"Morgen, Werther", sagte Riepertinger und grinste.

"Morgen", entgegnete Werther, frei von jeglicher Begeisterung, und sah, dass Riepertinger an ihm vorbeiblickte, lächelte und erneut grüßte. Er wandte sich um. Laura stand, in ihre Decke gehüllt, in der Schlafzimmertür.

"Oh, Mann", sagte Werther, "das Einzige, was uns noch zu unserem Glück gefehlt hatte, bist du."

"Ich bin auch lieber bei dir als bei Frau und Kindern", verteidigte sich Riepertinger, "besonders am Sonntag."

"Ist mir klar. Wir haben einen Toten?"

Riepertinger nickte.

Werther wandte sich erneut zu Laura um und zuckte mit den Schultern, eine Geste, die sie mit freundlichem Lächeln erwiderte. Dann bat er Riepertinger um drei Minuten und ging ins Bad.

Während er sich wusch, hörte er Laura mit Riepertinger plaudern und erfuhr dabei, dass er, Werther, schon so viel von ihm, Riepertinger, erzählt habe. Wirklich?

Als er sich jedoch angekleidet hatte, blieb ihm nichts als ein Blick in ihre dunklen Augen und ein sanfter Kuss auf den Mund, dann waren sie beide, er und Riepertinger, der sie beim kurzen Abschied schmunzelnd betrachtet hatte, schon aus der Wohnung.

Laura blieb zurück, in die Decke gehüllt und an den Türpfosten gelehnt, in derselben Haltung, in der sie Werther geküsst hatte. Sie blickte sich in der Wohnung um, musste plötzlich lachen und ließ dabei die Decke fallen. Werther schien sich wirklich die allergrößte Mühe zu geben, dem alten Klischee vom Deutschen zu entsprechen. Sie ging zum Bücherregal und fuhr, um die letzten Zweifel auszuräumen, mit dem Finger darüber. Die wenigen Staubkörner, die dort lagen, mussten sich seit gestern Abend gebildet haben. Ansonsten war alles in dieser Wohnung penibel sauber und aufgeräumt, nichts Überflüssiges lag oder stand herum, was seine Bewegungsfreiheit eingeengt hätte, wenn er in Gedanken an einen Fall oder vielleicht auch an sie und ihre Liebe im Zimmer auf und ab ging. Und dann im Schlafzimmer der Kleiderschrank: Alles war in vollkommener Ordnung gestapelt und aufgereiht wie eine perfekt disziplinierte Armee, und sie war sich sicher, dass sich kein einziges Kleidungsstück finden würde, das er nicht regelmäßig trug und das ihm nicht ausgezeichnet stand. Sie lächelte, hob die Decke auf, machte das Bett, trug das Frühstücksgeschirr in die Küche, spülte es und stellte alles an seinen Platz. Sie tat dies mit größter Sorgfalt und vollkommen nackt. Dann kleidete sie sich an, kämmte sich das Haar vor dem Spiegel und verließ Werthers Wohnung. Als sie aus dem Haus trat, blendete sie das Licht des Sommertages, der nun ihr gehörte, ihr ganz allein.

2

"Es sieht ganz so aus, als ob wir es mit einem Prominenten zu tun hätten", sagte Riepertinger, als sie in südlicher Richtung stadtauswärts fuhren.

"Stoiber?"

"Wer will den denn jetzt noch umbringen?"

"Stimmt auch wieder. Wer also?

"Der Rambo von der Holledau."

"Sicher?"

"Sagt die Streife."

"Also doch."

"Du erinnerst dich noch an den Fall?"

"Ja, mit Entsetzen. Aber hatte der nicht Personenschutz?"

"Ich denke schon, aber sicher nicht ewig."

Natürlich erinnerte sich Werther an diesen Fall. Der Mann, der vom Boulevard als Rambo von der Holledau bezeichnet wurde, dessen wirklichen Namen man jedoch nie nannte, war nach übereinstimmender Aussage mehrerer Zeugen mit höchster Geschwindigkeit eher über die Autobahn geflogen als gefahren und hatte wenig Verständnis dafür aufgebracht, dass sich gelegentlich auch andere, langsamer fahrende Fahrzeuge auf der Überholspur befanden. Ein solches Fahrzeug war der Kleinwagen einer Mutter, die gemeinsam mit ihrer - soweit sich

Werther entsann - sieben- oder achtjährigen Tochter möglicherweise sogar einen Moment länger die Überholspur befuhr, weil sie zwischen zwei Lkw nicht einscheren wollte. Rambo raste also ungebremst auf den Kleinwagen zu, dessen Fahrerin beim Anblick der auf sie zuschießenden schweren Limousine erschrak und beim Versuch, nach rechts auszuweichen, das Steuer verriss, so dass der Wagen ins Schleudern geriet, von der Straße abkam und an einem Baum zerschellte, wobei Mutter und Tochter starben.

Der Todesfahrer flüchtete, wurde jedoch ermittelt und zu der erstaunlich milden Strafe von einem Jahr Gefängnis mit Bewährung verurteilt, ein Urteil, das nicht nur bei den Hinterbliebenen der Opfer nachhaltige Empörung auslöste, was wiederum zur Folge hatte, dass ihm Personenschutz gewährt worden war, allerdings, wie sich nun zeigte, entweder nicht im ausreichenden Maße oder nicht lange genug.

Sie hatten die Stadt gerade verlassen, als sie ein Schild sahen, das nach links zu einem Wanderparkplatz wies. "Hier müsste es sein", sagte Riepertinger und bog in einen Feldweg, der zu einem Wäldchen führte. Dort befand sich im Schutz der Bäume der Parkplatz, vor dem ein uniformierter Beamter stand und sie anhielt. Riepertinger wies sich aus, der Streifenpolizist nickte und trat zurück, so dass Riepertinger neben einem elfenbeinfarbenen Mercedes Benz parken konnte, einem Oldtimer aus dem Jahre 1963, wie Werther schon vor einiger Zeit erfahren hatte.

"Robert ist also auch schon da", sagte Riepertinger, "das ist gut."

Sie stiegen aus. Wenige Meter entfernt lag der Tote.

Dr. Robert Schober, Gerichtsmediziner und Besitzer des Mercedes, kniete hinter ihm. Vor dem Arzt und dem Toten stand ein zweiter Uniformierter, der bewegungslos Schober und den Toten betrachtete, während sich ein junger Mann Mitte zwanzig abseits hielt und den Blick von dem Toten abgewandt hatte. Werther zählte drei weitere Wagen, einen Kleinwagen, den Streifenwagen und eine blaue Limousine, vor der der Tote lag. Auf der Windschutzscheibe der Limousine las er in roter Farbe den Schriftzug:

"Warum lässt Gott das zu?"

"Grüß dich, Robert, du bist wirklich schnell", sagte Riepertinger.

Schober blickte kurz auf, nickte ihnen zur Begrüßung zu und knurrte:

"Man hat ja sonst am Sonntag nichts zu tun, Reinhard."

"Wem sagst du das?"

Dann begrüßten sie den Streifenpolizisten per Handschlag und Riepertinger fragte:

"Sie haben uns benachrichtigt?"

"Ja, das war ich."

"Und Sie glauben, dass der Tote der Todesfahrer ist?" fragte Werther.

"Ganz sicher. Das ist der Rambo von der Holledau. An diese Visage erinnere ich mich genau."

Werther, dem die Wortwahl im Angesicht des Todes nicht angemessen schien, betrachtete das Gesicht des Toten, das im Gegensatz zum unnatürlich verrenkten Körper unversehrt geblieben war. Aber es war schon einige Zeit her, dass er das Foto des Todesfahrers in der Zeitung gesehen hatte.

Nein, er konnte auf gar keinen Fall mit Bestimmtheit sagen, dass Toter und Todesfahrer identisch waren.

"Was sagst du?" fragte er Riepertinger.

"Ich weiß es nicht, aber wenn sich der Kollege sicher ist."

"Hundertprozentig."

"Sein Wagen?" Werther deutete auf die Limousine.

"Vermutlich."

"Ich schaue mal nach", sagte Werther zu Riepertinger, zog sich Handschuhe an und ging zum Wagen. Die Fahrertür war offen, und er fand im Handschuhfach Papiere, die keinen Zweifel ließen. Sie gehörten dem Toten, den sie als Meinolf Hessling auswiesen, 41 Jahre alt und wohnhaft in einem Vorort Münchens, unweit von hier.

Werther stieg aus dem Wagen und ging mit den Papieren zu Riepertinger, der gerade den jungen Mann vernahm. Der Zeuge war Student der Physik, stand kurz vor dem Examen und hatte einen arbeitsreichen Sonntag mit einem Dauerlauf einleiten wollen. Er hatte den Toten exakt um 6.53 Uhr gefunden und direkt die Polizei benachrichtigt. Ungewöhnliches war ihm nicht aufgefallen, abgesehen natürlich von dem Toten und der Aufschrift „Warum lässt Gott das zu?" auf der Windschutzscheibe des Wagens. Sie nahmen noch seine Personalien auf, dann hielten sie ihn nicht mehr von seinem Lauf und den Examensvorbereitungen ab. Er lief dann tatsächlich los, und Werther blickte ihm hinterher, wie er auf dem Wanderweg zunächst einem Bach am Rande des Wäldchens folgend schließlich auf ein freies Feld gelangte, hinter dem in der Ferne Häuser zu sehen waren, die zu dem Ort gehörten, in dem Hessling laut seinen Papieren gewohnt hatte.

Riepertinger wandte sich wieder dem Mediziner zu.

"Und, Robert, wie sieht es aus?"

"Der Mann ist wohl gejoggt", antwortete Schober, "ihr seht ja, dass er Jogginganzug und Laufschuhe trägt. Dann ist er mit einem stumpfen Gegenstand niedergeschlagen worden, worauf eine Verletzung am Hinterkopf hindeutet. Anschließend ist er mit an Sicherheit grenzender

Wahrscheinlichkeit mehrmals mit einem Auto überrollt worden, vermutlich mit seinem eigenen."

"Und das alles ist hier geschehen?"

"Davon gehe ich aus."

"Und wann?"

"Gestern Abend, vor zirka zwölf Stunden, plus minus zwei."

Riepertinger schaute auf seine Uhr.

"Also zwischen sieben und elf."

"Genau, und das wäre fürs Erste auch alles."

"Nur noch eines", sagte Werther, "das Schwert hier auf seinem Oberarm ist keine echte Tätowierung?

"Auf gar keinen Fall, ganz sicher ein Aufkleber-Tattoo."

"Also vom Täter?"

"Gut möglich, aber das dürft ihr herausfinden."

"Natürlich."

"Danke, Robert", sagte Riepertinger.

"Gerne. Alles Weitere in meinem Bericht", entgegnete Schober, der sich nun wieder zu dem Toten hinabbeugte.

"Er war dann wohl gestern der letzte Jogger", sagte Werther zu Riepertinger.

"Ja, so sieht's aus."

Das war natürlich dem Mörder zugute gekommen und in gewisser Weise, wenn er an die zurückliegende Liebesnacht dachte, auch ihm, Werther, selbst.

„Ich schätze, die Tatzeit liegt zwischen 21.30 Uhr und 22 Uhr", präzisierte Riepertinger, „wenn wir davon ausgehen, dass er nicht im Dunkeln gelaufen ist und früher noch entdeckt worden wäre."

„Ohnehin erstaunlich, dass sich hier in der Nacht keine Romantiker eingefunden haben."

„Ja, die hätten ihn sehen müssen."

Dann kamen die Beamten der Spurensicherung, von denen aufgrund der anhaltenden Trockenheit der letzten Tage in Bezug auf Reifenspuren allerdings nicht viel zu erwarten war.

Riepertinger blickte in Richtung der Straße und sagte: "Gut, von der Straße einzusehen ist der Tatort nicht. Trotzdem war das Risiko für den Täter immens. Jederzeit konnte jemand von der Straße kommen und auch vom Wanderweg."

"Das ist er eingegangen."

"Ja, aber ich kann mir nicht vorstellen, dass er hier geparkt hat. Ich sage den Jungs mal, dass sie sich auch in der Umgebung umsehen sollen, vor allem vorne an der Straße. Und du könntest derweil versuchen, die Poguntke aufzutreiben.

Die müsste den Personenschutz organisiert haben."

Werther rief die Bereitschaft im Präsidium an, die er nach einigem Zureden dazu bewegen konnte, die Privatnummer der Kollegin herauszusuchen. Sie war tatsächlich zu Hause, zeigte sich allerdings über den Anruf nicht übermäßig erfreut.

"Wenn wir sie schon am heiligen Sonntag behelligen, meint die Poguntke, dann in spätestens einer Stunde im Präsidium", sagte Werther, als Riepertinger zurückkam.

"Das ist doch bestens."

3

So fuhren sie in die Stadt zurück zum Präsidium, wo sie von der Kollegin bereits in deren Büro erwartet wurden. Iris Poguntke, eine burschikose und selbstbewusste Frau Mitte vierzig, begrüßte Werther und Riepertinger mit kräftigem Handdruck, überreichte Letzterem die Akte Hessling und bat dann zur Filmvorführung.

Sie schob eine Kassette in den Videorecorder und merkte bedauernd an, dass man bei der Polizei leider noch nicht im DVD-Zeitalter angekommen sei. So war es eben. Es wurde hervorragende Arbeit erwartet, aber wenn es um die Ausstattung ging - da konnte man einfach nur ein Ei drüber schlagen.

"Die Aufnahme entstand unmittelbar nach der Urteilsverkündung im öffentlichen Prozess gegen

Meinolf Hessling", begann die Poguntke. „Die Vorgeschichte kennen Sie wahrscheinlich. Hessling rast auf der A9 wenige Kilometer hinter dem Autobahndreieck Holledau in Richtung Norden derart auf ein vor ihm fahrendes Auto zu, dass er damit den Tatbestand der Nötigung erfüllt, die Fahrerin dieses Autos, eine Lena Sager aus München, will nach rechts ausweichen, verreißt dabei in Panik das Steuer, kommt ins Schleudern und verunglückt gemeinsam mit ihrer Tochter tödlich."

"Ja, das ist uns bekannt", sagte Riepertinger, und sie sahen, wie Hessling etwas steif seinem Anwalt dankte. Dann hielt die Poguntke den Film an.

"Die massive öffentliche Empörung über das Urteil wurde durch das Verhalten Hesslings verstärkt. Er äußerte nie sein Bedauern und hat sich auch bei den Angehörigen weder entschuldigt noch ihnen kondoliert. Stattdessen bewies er Feinfühligkeit in eigener Sache, indem er mehrfach betonte, wie sehr ihn der Prozess und alles darum herum doch belaste."

Sie ließ den Film weiterlaufen, in dem nun eine eher auffällig als wirklich vorteilhaft gekleidete mollige Frau in Hesslings Alter auf ihn zueilte, ihm in geradezu hysterischer Freude in die Arme fiel und ihn dabei fast umwarf.

Die Kollegin unterbrach die Vorführung erneut und sagte: "Das ist eine ziemlich skurrile Geschichte. Die Frau heißt Helga Siebert und hatte sich eigenem Bekunden zufolge unsterblich in Hessling verliebt, nachdem sie sein Bild in der Zeitung gesehen hatte. Sie stellte sich schützend vor ihren armen, verfolgten Hessling, den sie zu verteidigen suchte wie eine Löwin ihre Jungen. Wie hier Hessling warf sie sich auch allen möglichen Reportern an den Hals und berichtete rührselig von den Anfeindungen, denen Hessling ausgesetzt sei, sowie mit großem Pathos vom Glück ihrer aufkeimenden Beziehung."

"Moment", warf Werther ein, "aber er hat die beiden doch schließlich totgefahren. Wie steht sie dazu?"

"Sie sagt, es sei nicht seine Schuld, wenn man Frauen auf die Autobahn ließe, die nicht Auto fahren könnten."

"Ach so, das Opfer hat das Steuer verrissen und ist daher schuld."

"Natürlich, so sieht sie es, nicht nur sie übrigens."

"Sehr schön."

"Erwiderte er ihre Gefühlsbekundungen?" fragte nun Riepertinger.

"Ja, in seiner Situation wird ihm das wohl gut getan haben. Und es gab auch Fotos in der Zeitung, die sie gemeinsam zeigten. Wie sich die Sache dann weiterentwickelte, weiß ich allerdings nicht. Aber da können Ihnen sicher die Kollegen weiterhelfen, die beim Personenschutz eingesetzt waren."

Die Kamera schwenkte nun aufs Publikum, das ebenfalls seinen Emotionen freien Lauf ließ, wenn diese auch von ganz anderer Art waren, denn die Mehrheit der Zuschauer war sichtlich aufgebracht. Ein sorgfältig gekleideter älterer Herr, der regungslos mit versteinertem Blick in der ersten Reihe saß, fiel da mit seiner äußerlichen Ruhe fast schon aus dem Rahmen.

"Professor Doktor Hermann Sager", erläuterte die Poguntke, "emeritierter Professor für Philosophie an der LMU München, Vater und Großvater der Unfallopfer."

Der Mann in Jeans und Lederjacke neben ihm, Werther schätzte ihn auf Anfang vierzig, reagierte ungleich temperamentvoller. Er war aufgesprungen und schrie seine Wut in Richtung des Angeklagten aus sich heraus. Dass die Worte nicht zu verstehen waren, erschien irrelevant, denn Körpersprache und Mimik sagten alles. So traurig die Geschichte auch war, Werther musste schmunzeln, denn genauso stellte er sich sich selbst im Stadion vor, wenn ein Stürmer der Löwen im Strafraum von den Beinen geholt worden war und der Schiedsrichter keinen Elfer pfiff.

"Zeit für einen kleinen Einschub", sagte die Poguntke und drückte erneut auf Pause. "Das Unfallopfer Lena Sager war Sängerin in einer Rockgruppe, einer Hobbyband, wenn man das so sagen darf."

"In welcher?" fragte Werther.

"Woyzeck."

"Nie gehört."

"Doch, doch", widersprach die Poguntke, "ich habe sie einmal gesehen. Die spielten Classic Rock, Coverversionen der bekannten Titel, und zwar gar nicht so schlecht, aber eben ohne den Anspruch, mit Eigenkompositionen groß herauszukommen."

"Vielleicht hatten sie den ja mal", warf Werther ein.

"Möglich, denn die Band existierte fast zwanzig Jahre lang."

"Jetzt also nicht mehr."

"Nein, ohne die Sängerin nicht mehr. Ich habe Ihnen übrigens auch eine Aufnahme von einem Auftritt der Gruppe mitgebracht. Die bekommen Sie später."

"Herzlichen Dank, Frau Kollegin", sagte Riepertinger, "ausgezeichnete Arbeit."

"Danke, Frau tut, was Frau kann, aber weiter im Text. Hier sehen Sie Carsten Wegener, den Bassisten der Gruppe, im bürgerlichen Leben Familienvater und Software-Entwickler."

Es folgten die übrigen Bandmitglieder, der Gitarrist Sebastian Stadler, dessen Gesichtsausdruck und Körperhaltung keine Wut, sondern Entsetzen ausdrückten, und der Schlagzeuger Roland Brand, der wie der Bassist wutentbrannt aufgesprungen war. So lässig und jugendlich dieser Bassist, Carsten Wegener, auch gekleidet war, es war doch Roland Brand, der dem Klischee des - nicht mehr jungen - Rockmusikers perfekt entsprach. Seine langen, gewellten, grau durchsetzten schwarzen Haare fielen ihm bis weit über die Schultern und sein Gesicht war bereits derart zerfurcht, dass sich Rückschlüsse auf ein Leben aufdrängten, das nicht durch Enthaltsamkeit in Bezug auf Nikotin, Alkohol und möglicherweise auch Drogen geprägt gewesen war. Und der schmächtige Sebastian Stadler, der in sich gekehrt Entsetzte, wie hatte der eigentlich genau gewirkt? Werther würde sich die Aufnahme noch einmal zu Gemüte führen müssen. Jetzt aber waren die Zuschauer in den hinteren Reihen im Bild, von denen der Kollegin nur einer einen Kommentar wert war, ein südländisch aussehender Mann Ende vierzig.

"Enrico Pecchioli", erklärte die Poguntke, "Unternehmer im In- und Export, Arbeitgeber und Chef von Lena Sager, bei dem sie halbtags arbeitete."

Damit war die Vorführung zu Ende. Sie nahmen die beiden Video-Kassetten in Empfang, die soeben gesehene und auch den Konzert-Mitschnitt, sowie ein Foto der Bandmitglieder.

"Das habe ich aus dem Internet", sagte die Poguntke, "es ist vom letzten Jahr und somit recht aktuell." "Haben Sie vielen Dank", sagte Riepertinger, "und noch einen schönen und hoffentlich ungestörten Sonntag."

"Den werde ich haben. Und Ihnen viel Erfolg."

"Danke. Das war wirklich sehr hilfreich", bemerkte Werther noch, dann verließen sie das Büro der Kollegin und wussten nicht, wo sie anfangen sollten.

4

Riepertinger und Werther entschieden sich schließlich dafür, ganz konventionell mit der Familie zu beginnen, nahmen also denselben Weg aus der Stadt hinaus, kamen auch wieder an dem Wanderparkplatz vorbei und fuhren in den Ort, den Werther von Ferne bereits gesehen hatte. Dort fanden sie ohne Mühe die in Hesslings Papieren angegebene Straße und gelangten zu einem herrschaftlichen Haus, erbaut, wie Werther schätzte, um die vorletzte Jahrhundertwende, das er als düster und abweisend empfand, ein wenig einladender Kontrast zu dem herrlichen Sommertag, der hielt, was er am Morgen versprochen hatte, und eigentlich viel zu schön war, um ihn ohne Laura zu verbringen. Auch der Garten schien kein Ort, an dem sich Menschen mit Freude aufhielten. Ihm fehlten die Farben, es gab, steril und lieblos, nur kurz geschnittenen Rasen und zwei schmucklose graugrüne Parkbänke, die im rechten Winkel zueinander nahe am Haus standen.

Sie klingelten, und es öffnete ihnen eine bieder gekleidete Frau in den Fünfzigern, die sie mit keineswegs untypischer Domestikenhochnäsigkeit – von der Größe der Herrschaft floss schließlich auch etwas auf das Dienstpersonal über - skeptisch und abschätzig anblickte und im entsprechenden Ton fragte, wen sie melden dürfe, sie dann aber doch, vom Anblick zweier trefflicher Dienstausweise leidlich beeindruckt, anstandslos ins Haus führte. Dort durften sie zunächst in einer hohen, repräsentativen und lichtarmen Eingangshalle warten, die, so mutmaßte Werther, einschüchternd wirken sollte. Auch hier war die Lebensfreude ganz sicher nicht zu Hause.

Nach einigen Minuten wurden sie in einen Raum gerufen, der eine Mischung aus Arbeitszimmer und Bibliothek darstellte und mit altem Mobiliar und noch älteren Büchern ebenfalls vom lebendigen Heute und Hier Lichtjahre entfernt schien.

Waltraud Hessling, eine groß gewachsene hagere Frau um die Siebzig, stand aufrecht und steif

hinter einem schweren Schreibtisch aus Eichenholz, und was Riepertinger und Werther nun erwartete, war in gewisser Weise einmal mehr das, womit sie ständig konfrontiert wurden: Theater.

Sie bat die Beamten, vor dem Schreibtisch Platz zu nehmen, setzte sich dann selbst und fragte ruhig und im Tone fast völliger Gewissheit: "Mein Sohn ist tot?"

"Wie kommen Sie darauf?" fragte Werther zurück.

"Weil er gestern nicht nach Hause kam und jetzt die Kriminalpolizei hier ist."

"Ja", sagte Riepertinger, "Ihr Sohn ist tot. Er wurde ermordet."

"Ist es doch so weit gekommen", entgegnete sie tonlos.

Ihre Ruhe wirkte gespenstig.

"Sie meinen den Unfall?" fragte Werther vorsichtig.

"Sie wissen, dass mein Sohn bedroht wurde?"

"Ja, das wissen wir und ermitteln in diese Richtung."

"Sind Sie in der Lage, uns ein paar Fragen zu beantworten?" fragte nun Riepertinger vorsichtig.

"Fragen Sie!"

"Ihr Sohn wohnte hier?"

"Ja, im Obergeschoss", antwortete sie und fügte gedankenverloren hinzu. "Das war sein Reich."

Nach einem Moment des Schweigens fragte sie:

"Wie hat man ihn ermordet?"

"Ist das so wichtig?" fragte Riepertinger zurück.

"Ja."

"Man hat ihn niedergeschlagen", sagte Werther, "und dann mit seinem Wagen überrollt."

"Eine feige, erbärmliche Rache."

"Darauf deutet alles hin."

"Das ist sicher."

"Wissen Sie, wer ihn bedroht hat?"

"Nein, denn eine solche Niedertracht bleibt anonym. Vielleicht die Angehörigen der bei dem bedauerlichen Unglücksfall ums Leben Gekommenen oder Fanatiker."

"Gerechtigkeitsfanatiker?" hörte sich Werther mitleidlos fragen. Er mochte nichts an dieser Frau und bewunderte auch nicht ihre wahrscheinlich ein Leben lang antrainierte Selbstbeherrschung.

"Gerechtigkeit! Dass ich nicht lache! Finden Sie diese Schweine!"

"Das werden wir", sagte Riepertinger ruhig. "Obwohl wir leider keine Zweifel mehr haben, muss der Tote endgültig identifiziert werden, was wir Ihnen auf keinen Fall zumuten wollen. Wer könnte das tun?"

"Sein Bruder", antwortete sie knapp und in ihrem Gesicht lag ein leiser Spott, als wolle sie sich über Riepertingers Rücksichtnahme lustig machen. Dann fügte sie hinzu: "Und Sie haben ganz Recht. Ich will ihn so nicht sehen."

Riepertinger nickte.

"Und wo finden wir seinen Bruder?"

"In der Firma."

"Am Sonntag?"

"Ja, an diesem Sonntag wird er sicher in der Firma sein."

"Was ist das für eine Firma?" fragte Riepertinger.

"Die Firma Hessling und Söhne ist Zulieferer der Autoindustrie, seit 88 Jahren."

"Ein Familienunternehmen also?"

"Ja."

"Das heißt, die Firma befindet sich im Besitz…"

"In meinem Besitz, junger Mann, und mein Sohn war Geschäftsführer."

'Ihr Sohn und sein Bruder', dachte Werther, sagte aber:

"Und neuer Geschäftsführer wird jetzt Ihr zweiter Sohn?"

"Natürlich."

Riepertinger ließ sich die Adresse der Firma geben, dann erhob er sich und sagte:

"Eine letzte Frage noch: Hat eine gewisse Helga Siebert bei Ihrem Sohn gewohnt?"

Sie lachte verächtlich. "Nein."

"Erscheint Ihnen das so abwegig?"

"Sie hatte nicht das Niveau, das wir erwarten, nicht im Entferntesten."

"Das heißt, Ihr Sohn hatte keine Beziehung mit ihr?"

"Das habe ich nicht gesagt. Sie hat versucht, seine Schwäche aufgrund der unseligen Vorfälle auszunutzen."

"Könnte man auch sagen`", fragte Werther, der nun ebenfalls aufgestanden war, "dass sie ihm in einer schwierigen Situation beiseite stand?"

"Sie hat ihm nicht beigestanden, sondern sich ihm an den Hals geworfen."

Nun ja, diesen Eindruck hatte man tatsächlich gewinnen können.

"Aber da es Sie anscheinend interessiert, mein Sohn machte die Bekanntschaft einer Dame, die bei aller für ihr Alter und die Zeit typischen Impertinenz durchaus über ein gewisses Niveau verfügte."

'Klang da etwa so etwas wie Zufriedenheit mit der Partnerin des Sohnes durch?' dachte Werther und fragte: "Wie heißt sie?"

"Er hat sie mir als Verena vorgestellt. Sonst kann ich Ihnen nur sagen, dass sie vielleicht dreißig Jahre alt war, mittelgroß und wirklich sehr attraktiv, und sie hatte pechschwarze Haare im…" Sie suchte nach dem Wort und hielt sich die Hände zur Veranschaulichung an den Hals.

"Im Pagenschnitt?" half Werther.

"Richtig, im Pagenschnitt. Mit mehr kann ich leider nicht dienen."

"In dieser Sache werden wir sicher noch einmal auf Sie zukommen", sagte Riepertinger.

"Ist das so wichtig?"

"Davon gehen wir aus. Zunächst aber vielen Dank für Ihre Kooperation und mein herzliches Beileid."

Sie nickte.

"Ja, mein Beileid", sagte nun auch Werther, und sie sah ihn unergründlich an, weinte immer noch nicht, aber als sie den Raum verlassen hatten, wusste er, dass sie, nachdem sie sich so lange mit eiserner Disziplin aufrecht gehalten hatte, in diesem Augenblick zusammenbrechen würde, und es war auch der Moment, da sie ihm - so wenig sympathisch er sie auch fand - plötzlich leid tat in ihrem Unglück, ihrer Trauer und ihrer Einsamkeit.

5

Von dem Wachmann, der ihnen die Eingangstür der Firma öffnete, erfuhren sie, dass Bernd Hessling wenige Minuten zuvor in Begleitung seiner Assistentin in der Firma erschienen war. Hessling der Jüngere, Ende dreißig, im dunklen Anzug ohne Krawatte ebenso lässig wie elegant gekleidet, empfing die Beamten hinter dem Schreibtisch. Vor dem Schreibtisch stand eine hübsche, zierliche Frau Ende zwanzig, die Hessling wohl gerade Unterlagen gebracht hatte und von ihm als seine Assistentin Sabine Weber vorgestellt wurde. Sie trug hochhackige Sandaletten und zu einem tief ausgeschnittenen Top einen verboten kurzen Rock, ein Outfit, das in keiner Weise den Anforderungen einer seriösen Firma genügte. Das legte den Schluss nahe, dass sie spontan aus dem Wochenende ins Büro geplumpst war und zuvor jemandem mit dem Anblick ihres Dekolletees und ihrer schönen Beine Freude bereiten wollte. Besonders eindrucksvoll erschien es Werther, dass sie ihre dunkelbraunen, ins rötliche schimmernden Haare zu Zöpfen zusammengebunden hatte, was sie sehr mädchenhaft erscheinen ließ. Später bemerkte er, wie sie ihn, nachdem sich die erste Befangenheit gegenüber den Polizeibeamten gelegt hatte, das eine oder andere Mal mit leicht zur Seite geneigtem Kopf und gespielter Schüchternheit ansah. Es gab keinen Zweifel, Sabine spielte gerne Sabinchen.

Hessling begrüßte die Beamten per Handschlag und stellte Sabine einen Stuhl hin. Sie setzte sich und bedankte sich artig mit gesenktem Blick, ganz so, als würde sie seine Aufmerksamkeit verlegen machen.

"Sie wissen, warum wir gekommen sind?" fragte Riepertinger.

"Ja", sagte Hessling, "meine Mutter hat mich angerufen, nachdem Sie bei ihr gewesen waren."

Es herrschte einige Sekunden lang Stille, dann fuhr er fort.

"Nun, meine Herren, Sie sehen uns nicht in Trauer, sondern bei der Arbeit. Der Tod meines Bruders bedeutet nämlich nicht nur einen entsetzlichen menschlichen Verlust, sondern auch und in erster Linie einen beinahe unersetzlichen

Verlust für die Firma in unserer momentan alles andere als einfachen Situation. Es geht um dreißig Arbeitsplätze, das heißt dreißig Mitarbeiter und ihre Familien. Da muss man persönliche Gefühle zurückstellen."

‚Das scheint dir nicht viel Mühe zu bereiten', dachte Werther. ‚Er trauert nicht, nicht die Bohne, und versucht auch nicht, sich zu verstellen.'

Riepertinger aber nickte und sagte: "Wir werden Ihre Zeit auch nicht länger als unbedingt nötig in Anspruch nehmen."

"Danke."

"Was macht die Situation so schwierig?" fragte Werther.

"Wir sind, wie Sie vielleicht wissen, Zulieferer der Autoindustrie. Und die drücken uns, wo sie können. Ich meine nicht nur bei den Preisen, sondern auch zeitlich. Das heißt, alles muss störungsfrei weiterlaufen."

"Und Ihr Bruder hat die Firma geleitet?"

"Ja, in allen Fragen, die das gesamte Unternehmen betrafen, lag die letzte Entscheidung bei ihm, allerdings in Absprache mit unserer Mutter."

"Und jetzt leiten Sie die Firma?"

Hessling schüttelte den Kopf wie über ein Missverständnis, das er freilich erwartet hatte, und sagte:

"Ich verstehe, worauf Sie hinauswollen. Wir hatten eine klare Arbeitsteilung. Meinolf unterstand der technische Bereich, während sich Sabine und ich um den Vertrieb, das Marketing, die Kunden gekümmert haben. Das entsprach erstens genau unseren Interessen. Zweitens wird durch den Mord ein perfekt eingespieltes Team auseinander gerissen. Mit einem Wort: Ja, ich habe jetzt mehr Verantwortung, und das bedeutet mehr Arbeit, viel mehr Arbeit, zumindest in nächster Zeit."

"Aber da ist es zumindest gut", bemerkte Werther, "dass Ihre Assistentin heute verfügbar war."

Die Angesprochene blickte Hessling an, und der sagte lächelnd:

"Sie war ohnehin bei mir. Sabine ist für mich nicht nur eine hervorragende Mitarbeiterin, die mit ihrem Charme schon mehrfach die Blutsauger von der Autoindustrie dazu gebracht hat, uns nicht völlig die Luft abzudrücken, sie ist auch die Frau meines Lebens."

Er sagte dies ohne jedes Pathos, ganz selbstverständlich, und Sabine blickte verlegen lächelnd zunächst ihn und dann Werther an.

"Wo waren Sie gestern zwischen 19 und 23 Uhr?"

"Er war zu Hause", sagte Sabine ruhig, "und ich war bei ihm, die ganze Zeit."

Hessling lehnte sich in seinem Stuhl zurück und sagte genüsslich grinsend: "Sollte ich gestern Abend jemandem weh getan haben, dann ganz sicher nicht meinem Bruder."

'Ach so, daher weht der Wind', dachte Werther, während Sabine errötete. 'Aber auch wenn sie dick aufträgt, als Lady Macbeth geht sie nicht durch, wirklich nicht.'

"Und wer könnte Ihren Bruder ermordet haben?" fragte Riepertinger.

"Da fragen Sie noch", entgegnete Hessling fassungslos, "natürlich einer der Durchgeknallten, für die ein tragischer Unglücksfall ein Mord war."

"Also jemand, der den Unfallopfern nahe stand?"

"Oder irgendein selbsternannter Gerechtigkeitsfanatiker."

'Das Schwert', schoss es Werther durch den Kopf, 'als ob er es gesehen hätte.'

"Und was sagen Sie zu der ganzen Geschichte?"

"Sie meinen den Unfall und seine Folgen?"

Riepertinger nickte.

"Auch wenn es zynisch klingt: Ausnahmsweise war es von Vorteil, dass wir die Autoindustrie beliefern und so von moralischen Sanktionen seitens der Kundschaft verschont blieben. Und das ist natürlich sehr erfreulich bei all dem Wirbel, den die Geschichte entfacht hat. Apropos

Moral: Meinem Bruder hätten eine gewisse Reue und ein wenig Unrechtsbewusstsein gut angestanden. Aber er gehörte einfach zu denen, die mit dem Gaspedal vieles kompensieren, und daher felsenfest von ihrem Recht auf ihr persönliches Glück, das heißt den Geschwindigkeitsrausch, überzeugt sind. Aber das war seine Sache."

Werther nickte und verstand. Wer Sabinchen hatte, brauchte nichts zu kompensieren.

"Die Frage ist", sagte Riepertinger, "wer sonst noch ein Motiv gehabt haben könnte, abgesehen von der Geschichte mit dem Unfall?"

Hessling zuckte mit den Schultern.

"Was ist zum Beispiel mit dieser Helga Siebert?"

Hessling schmunzelte und blickte Sabine an, die lachend den Kopf schüttelte und sagte:

"Die fanden wir recht witzig."

"Sie wirkt ein bisschen aufgekratzt", sagte Werther.

"Aufgekratzt?" fragte Sabine höhnisch zurück. "Die war absolut hysterisch und theatralisch. Bei der fühlte man sich wie im falschen Film."

"Und was fand Ihr Bruder nun an ihr?"

"Es ging ihm bei dieser ganzen Geschichte wirklich schlecht. Und so eine fürsorgliche Mami hat ihm da wohl gut getan. Und ganz sicher war er auch so viel weibliche Begeisterung nicht gewohnt, denn er war eigentlich kein Frauentyp."

"Nein, wirklich nicht", bestätigte Sabinchen ungewöhnlich hart.

Werther lächelte. "Wieso nicht?"

"Er war ein entsetzlicher Stoffel und hatte so viel von einem Kavalier wie der Stuhl, auf dem Sie sitzen, von einem Elefanten. Er besaß keinerlei Charme, und privat konnte man sich mit ihm überhaupt nicht unterhalten, es sei denn, es ging um den ganzen technischen Kram, von dem er so fasziniert war. Da konnte er dann reden, und zwar ohne Ende."

Sabinchen hatte sich richtig ereifert.

"Nach inniger freundschaftlicher Verbundenheit klingt das nicht gerade", bemerkte Werther.

"Nee, nee, nee, bekommen Sie das jetzt mal nicht in den falschen Hals", stellte Hessling klar, "mein Bruder war schon in Ordnung, auf seine Art. Und gerade an dieser nüchternen Art gab es im beruflichen Umgang auch überhaupt nichts auszusetzen, nur privat waren wir eben nicht ständig zusammen."

"Das heißt", sagte nun Riepertinger, "dass Sie auch nicht wissen, wie die sonderbare Liebesgeschichte zwischen Ihrem Bruder und Helga Siebert endete."

Hessling schüttelte den Kopf.

"Nein, das kann ich Ihnen nicht sagen, aber aufgetaucht ist sie in letzter Zeit nicht mehr."

"Glücklicherweise", fügte Sabine hinzu.

"Es gab da noch eine andere Frau, um die dreißig, sehr hübsch, mit schwarzem Pagenschnitt", sagte Riepertinger, und Werther fügte hinzu: "Eine Klassefrau, wie wir gehört haben."

Nein, sie hätten Meinolf Hessling nie in Begleitung einer solchen Frau gesehen, erklärten beide übereinstimmend, bevor Hessling etwas ergänzte, was ihm geradezu peinlich zu sein schien. "Man soll nichts Schlechtes über gerade verstorbene Anverwandte sagen, und es klingt sicher auch böser, als es gemeint ist, eine wirkliche Klassefrau an der Seite meines Bruders sollte Ihnen jedoch zu denken geben."

"Das gibt uns zu denken", bestätigte Riepertinger, erhob sich und reichte Hessling die Hand, "fürs Erste einmal vielen Dank für Ihre Hilfe."

Auch Werther gab Hessling die Hand und sagte:

"Viel Erfolg im Kampf um den Erhalt der Arbeitsplätze."

"Danke, den werden wir brauchen."

Dann blickte er Sabinchen an, lächelte und sagte: "Ciao."

"Ciao, Herr Kommissar", entgegnete sie, ebenfalls mit dem Anflug eines Lächelns, und schlug dann die Augen nieder.

Werther fragte noch, ob er einen der Firmenprospekte mitnehmen könne, die auf dem Schreibtisch lagen.

"Natürlich, gerne", antwortete Hessling geradezu beflissen, "Ihr Interesse an unserer Firma ehrt uns."

"Danke", sagte Werther, nahm sich ein Exemplar und verließ dann mit Riepertinger endgültig den Raum.

6

"Sie gefällt dir, oder?" fragte Riepertinger, als sie wieder im Auto saßen.

"Sie erinnert mich an meinen alten Schulfreund Thomas Ehlert."

"Wieso? Hatte der auch so niedliche Zöpfchen?"

"So sind sie, die Kollegen, immer lustig, immer witzig", lobte Werther. "Ich meine: Wir haben in den seligen Zeiten der Pubertät gemeinsam Viva geschaut und es gab keine hübsche Frau, bei der er nicht seinen Lieblingsspruch losließ: 'Die würde ich auch nicht von der Bettkante stoßen.' Tommy war ein wirklich guter Mensch. Er stieß nie eine von der Bettkante."

"Am besten wäre da wohl ein Modell mit Gitterstäben", bemerkte Riepertinger.

Werther grinste.

"Das ist wirklich nicht meine Sorge, alter Knabe. Was mich weit mehr interessiert: Du hast zwei Schwestern?"

"Ja, warum?"

"Ich habe eine. Ich frage mich: Falls ich einen Bruder hätte, könnte ich da auf sein Ableben so außerordentlich entspannt reagieren?"

"Ich denke, die Frage ist eher, kann man so entspannt sein, wenn man für das Ableben des Bruders selbst gesorgt hat."

"Du hast Recht, in dieser Hinsicht macht Entspanntheit einen vorzüglichen Eindruck. Da ergibt auch die Anspielung auf das Gitterbett einen Sinn, zeigt, wie locker man drauf ist."

"Festzuhalten bleibt, dass er jetzt die Firma leitet und sein Alibi nichts wert ist."

"Klar, aber vielleicht stimmt auch die ganze Idylle, dass sie mit vereinten Kräften um die Existenz der Firma kämpften, ein jeder an seinem Platz."

"Möglich."

Sie schwiegen einige Zeit, dann fragte Riepertinger.

"Und? Wer nimmt jetzt die Bodyguards und wer beginnt mit den Angehörigen und Freunden der Unfallopfer?"

"Wenn du mich schon fragst, nehme ich die Angehörigen und Freunde."

"Dachte ich mir, aber in Ordnung."

Werther ließ sich jedoch zunächst einmal am Präsidium absetzen und schaute sich dort das zweite Video an, den Auftritt der Gruppe Woyzeck um die Sängerin Lena Sager. Und es war einfach Wahnsinn, was er sah und hörte. Die Jungs und das Mädel schreckten vor nichts zurück. Sie spielten "I Was Made For Lovin' You" von Kiss. Geil!

Für diese Art von Musik war Werther, Jahrgang 1977, eigentlich ein zu spät Geborener, aber sein Onkel, der alte Freak und Hooligan, hatte wertvolle Aufklärungsarbeit geleistet. Er, der Onkel, unterrichtete an einer Wuppertaler Gesamtschule, schimpfte ohne Unterlass auf seine Schüler, die er eine Bande verwöhnter Jungspießer nannte, und träumte von Lustmorden an Schülermüttern, die ihre unbegabten Sprösslinge für kleine Einsteins hielten und daher die Schuld an deren Misserfolgen mit großer Freude und Eifer den Lehrern zuschoben. Er wäre einmal fast aus dem Schuldienst geflogen, weil er einen zwölfjährigen Jungen geohrfeigt hatte, der zuvor auf einem Mädchen gekniet und es mit Fäusten traktiert hatte. "Das sind keine Wuppertaler", pflegte der Onkel dann zu sagen. Werther hingegen hatte schon durch seine Begeisterung für Deep Purple, Uriah Heep und Emerson, Lake und Palmer Charakterstärke bewiesen und war der Einzige unter dreißig gewesen, dem sein Onkel getraut hatte. Dass Werther dann aber nach München gegangen war, hatte ihm der Onkel übel genommen und missbilligend bemerkt, dass ein echter Wuppertaler in Wuppertal geboren werde und auch gefälligst dort zu leben und zu sterben habe.

Da Werther die umliegenden Büros am Sonntag unbesetzt wähnte, drehte er auf volle Lautstärke. Einfach stark, wie Lena Sager über die Bühne fetzte, ein Energiebündel und ausdrucksstark, und eine schöne Frau, die Besseres verdient gehabt hätte, als von einem Meinolf Hessling gegen einen Baum gedrückt zu werden. Und der Bassist, seinen Namen hatte er notiert, stand ihr in nichts nach, auch er ein Temperamentsbolzen auf ständiger Suche nach Kontakt zum Publikum, wobei sein Blickkontakt mit einem vielleicht dreizehnjährigen Mädchen auffiel, das auf den Schultern eines etwas älteren Jugendlichen saß und wirklich in Ekstase geraten war - anders als die übrigen Zuschauer, die sich zwar keineswegs reserviert verhielten, aber auch nicht völlig ausflippten. Er zweifelte nicht daran, dass Bassist und Fan Vater und Tochter waren. Und wie der Schlagzeuger mit der schwarzgrauen Mähne auf sein Instrument einhämmerte, grenzte für einen gewissenhaften Beamten wie Werther ja fast schon an Sachbeschädigung. Und natürlich der Gitarrist: Ganz wie im Gerichtssaal war er völlig in sich gekehrt und ging weltvergessen in seiner Musik auf, die Werther mehr als beachtlich fand.

Werther schaute sich den Auftritt dreimal mit großer Begeisterung an, dann schaltete er den Ton leiser und machte sich konzentriert an die Arbeit. Und wer sagte es denn? Diesmal sah er ihn im Publikum, ganz sicher, Pecchioli, Lena Sagers Arbeitgeber.

Oh ja, heute war der Tag, an dem er den Glauben an das freie Unternehmertum vollständig wiedererlangte. Wie rührend sich doch alle um ihre Mitarbeiter kümmerten und sorgten, äußerst aufschlussreich. Und was die Gruppe betraf: Die waren wirklich in Ordnung. Wer so rockt, bringt keinen Menschen um, es sei denn, es handelt sich um ein Riesenarschloch, das in krimineller Rücksichtslosigkeit die Sängerin und ihre kleine Tochter totfährt.

7

"Sie wollen zu mir?" fragte Professor Werner Sager ehrlich überrascht, nachdem ihm Werther seinen Dienstausweis gezeigt hatte. Werther nickte, und der Professor, der am Stock ging, führte ihn ins Wohnzimmer.

"Nehmen Sie doch Platz", sagte er und deutete auf zwei stattliche Ledersessel.

Nachdem sie sich gesetzt hatten, legte der Professor den Stock neben sich auf den Boden und bemerkte: "Das ist nicht so tragisch, wie es aussieht. Die zeitlich begrenzten Folgen einer Hüftoperation, die glücklicherweise gut verlief."

"Das freut mich", entgegnete Werther höflich.

"Ja, das ist heute Routine."

Werther waren direkt die drei Fotografien an der Wand aufgefallen. Sie zeigten drei sympathisch wirkende Menschen, zwei Frauen und ein Mädchen, Lena Sager mit ihren mahagonnyroten Haaren, ein schwarzhaariges Mädchen von sieben oder acht Jahren und eine Dame an die siebzig.

Der Professor blickte Werther an und sagte:

"Meine Frau, meine Tochter und meine Enkelin."

"Ist Ihre Frau tot?" fragte Werther unwillkürlich.

"Ja, seit drei Jahren. Magenkrebs."

"Das tut mir sehr leid", sagte Werther und ließ dann den Blick durchs Zimmer schweifen.

Es war ungeheuchelt, sein Mitgefühl für den Professor, einen groß gewachsenen, schlanken und auch zu Hause sorgfältig gekleideten Mann jenseits der Siebzig, der jetzt alleine in dem großen Haus lebte.

"Ja", sagte der Professor, "für mich ist das hier mittlerweile zu groß geworden. Über kurz oder lang werde ich mich verändern müssen. Aber was führt Sie zu mir?"

"Meinolf Hessling ist tot. Er wurde ermordet."

Werther las in dem Gesicht des Professors Fassungslosigkeit, völlige Fassungslosigkeit. Natürlich war es alles andere als alltäglich, wenn man jemandem die Nachricht vom Tode eines Menschen überbrachte, selbst eines verhassten, aber das maßlose Erstaunen des Professors sprengte jeden Rahmen.

"Ja, das ist sehr bedauerlich", sagte er stockend und noch immer verwirrt, "es ist immer bedauerlich, wenn ein Mensch umkommt."

"Auch in Hesslings Fall?" fragte Werther hart. "Er war immerhin verantwortlich für den Tod Ihrer Tochter und Ihrer Enkelin."

Der Professor gewann wieder die Kontrolle über sich und antwortete mit leiser Stimme:

"Sie geben sich große Mühe, das Wort 'Mörder' zu vermeiden."

"Richtig, Juristen zumindest nennen Hessling nicht Mörder, sondern Unfallverursacher."

"Natürlich, die Juristen. Einen Menschen für eine Million zu töten ist Mord und bedeutet lebenslänglich. Zwei Menschen für zwanzig Sekunden zu töten, ist eine Bagatelle und bringt ein Jahr auf Bewährung."

"Ich verstehe, was Sie meinen."

"Ich weiß nicht, ob Sie wirklich verstehen, was ich meine."

Er schwieg einen Moment, dann fuhr er fort.

"Ungläubig und erschüttert blicken wir auf den Wahnsinn vergangener Zeiten, den Hexenwahn beispielsweise oder den Antisemitismus in Nazi-Deutschland. Und wir fragen uns zu Recht: Wie konnten die Menschen nur so dumm und verbohrt sein? Trotzdem ist unsere Haltung maßlos arrogant, solange der Blick in den Spiegel fehlt, die Frage nach dem Wahnsinn unserer Zeit. Und der größte Wahnsinn unserer Zeit ist die heilige Kuh Auto, das fast uneingeschränkte Recht, mit einem Auto Menschen zu töten, um eben diese gottverdammten zwanzig Sekunden zu gewinnen."

"Es leuchtet mir absolut ein, was Sie sagen", bemerkte Werther, und das entsprach der Wahrheit, abgesehen vielleicht davon, dass unsere Zeit seiner Meinung nach auch genügend anderen Wahnsinn dieser Größenordnung zu bieten hatte wie die amerikanische Weltherrschaft, den Fundamentalismus und die Haltung der europäischen Traumtänzer zu beidem, was Werther seitens des Professors nicht angemessen gewürdigt schien.

Der Professor jedoch lächelte erneut und fragte:

"Sie wollen wissen, ob ich Genugtuung empfinde?"

"Empfinden Sie Genugtuung?"

"Ja, ich empfinde eine tiefe Genugtuung über den Tod des Doppelmörders."

"Das ist sehr ehrlich und nachvollziehbar, wirft aber trotzdem oder gerade deswegen die Frage auf, wo Sie am Samstag zwischen 19 und 23 Uhr waren."

"Hier zu Hause."

"Allein?"

"Ja, allein. Glauben Sie nicht, dass ich zu alt für einen Mord bin?"

Werther blickte auf den Stock, der neben dem Sessel des Professors auf dem Boden lag und sagte:

"Ich hoffe sehr, dass Sie sich von der Operation weiter so gut erholen und sich ansonsten bester Gesundheit erfreuen. Trotzdem haben Sie natürlich Recht. Auch ich kann mich nicht mit dem Gedanken anfreunden, dass Sie Hessling niedergeschlagen und dann mit seinem Auto überrollt haben, glaube also nicht, dass Sie diesen Mord begangen haben, ich meine selbst begangen haben."

"Was Sie da andeuten, liegt nahe. Wie Sie wahrscheinlich wissen, habe ich Philosophie gelehrt und jeder aus unserem Kollegium hatte die Telefonnummern von mindestens fünf professionellen Killern in seinem Adressbuch."

"Sie brauchen mir nicht zu sagen, dass man Auftragsmörder nicht in den Gelben Seiten findet. Aber wo ein Wille ist, ist auch ein Weg. Und es muss ja auch kein Killer sein, solange es Freunde gibt, Freunde Ihrer Tochter."

Der Professor schüttelte verständnislos den Kopf: "Glauben Sie wirklich, dass für jemanden, der sein ganzes Leben Philosophie gelehrt und die Fahne des Humanismus hochgehalten hat, Selbstjustiz eine Option ist?"

"Warum denn nicht?" fragte Werther fast eine Spur verärgert zurück, "bei allem Respekt vor Ihrer Fahne: Ich traue jedem alles zu."

"Das klingt für einen jungen Menschen wie Sie beeindruckend abgeklärt, ist aber meines Erachtens völliger Unsinn. Ich frage Sie, den Fachmann und Experten: Gibt es ihn wirklich, den edlen Rächer, der für das Gute und die Gerechtigkeit mordet? Oder ist es nicht ganz einfach so, dass Verbrechen fast ausschließlich von ganz normalen Verbrechern begangen werden, also Menschen, die rücksichtslos egoistisch sind oder krank?"

"Sie haben Recht, fast ausschließlich."

"Und direkte oder indirekte Opfer schreiender Ungerechtigkeit morden tausendmal, aber nur in Gedanken, zur wirklichen Tat sind sie nicht fähig."

"Das dürfte die Regel sein, was Ausnahmen keineswegs ausschließt."

Der Professor schmunzelte: "Es scheint Ihnen ja richtig Spaß zu machen - fast möchte ich sagen - philosophische Fragen zu erörtern. Aber wie dem auch sei. Ich habe Hessling weder ermordet noch ermorden lassen. Und für Lenas Freunde, die Bandmitglieder, lege ich die Hand ins Feuer. Das sind harmlose, friedliche Menschen, die niemanden umbringen würden."

"Gut, da bin ich ja beruhigt." Werther lächelte.

"Machen Sie sich nicht über mich lustig, sondern nehmen Sie lieber einmal Hesslings privates Umfeld in Augenschein."

"Keine Sorge, das machen wir." Werther lag schon die Bemerkung auf der Zunge, dass man sie bereits umgekehrt von dort hierher verwiesen habe, aber er konnte sie unterdrücken.

"Für einen Verbrecher, einen wirklichen Verbrecher, wäre das nämlich eine hervorragende Gelegenheit."

"Na klar. Man beseitigt Hessling, der einem im Wege steht, und die blöde Polizei sucht den ominösen Rächer."

"Genau das meine ich, wobei ich natürlich verstehe, dass die Polizei in jede Richtung ermittelt."

"Danke, Sie sind zu gut zu mir. Wer ist eigentlich der Vater Ihrer Enkelin?"

Der Professor breitete die Arme aus und sagte treuherzig: "Ich habe keine Ahnung, wirklich nicht."

"Hatten Sie ein so distanziertes Verhältnis zu Ihrer Tochter, dass sie mit Ihnen nicht über derart wichtige Dinge sprach?"

"Über alles andere schon, aber nicht darüber, darüber sprach sie nicht, nicht mit mir und auch nicht mit anderen."

Werther nickte. Er glaubte dem Professor kein Wort, hielt es aber für unangemessen und unnötig, ihm schon jetzt das Messer der Obduktion an die Kehle zu setzen. Stattdessen fragte er: "Wollen Sie wirklich umziehen?"

"Irgendwann einmal sicher", antwortete der Professor, über den Themenwechsel sichtlich erleichtert, "aber man sagt ja, 72 sei heute kein Alter mehr. Und die praktische Seite ist hervorragend geregelt, dank meiner Haushälterin mit den deutschen Wurzeln aus dem fernen Kasachstan. Aber wohl fühle ich mich hier nicht mehr, wie Sie sich sicher denken können."

"Das verstehe ich sehr gut, so wie ich alles verstehe, was Sie gesagt haben, ich meine abgesehen natürlich von Ihrer Unkenntnis in Sachen Vaterschaft."

Der Professor breitete achselzuckend die Arme aus. Was sollte er tun? Es war geradezu rührend. Werther, nicht im allergeringsten überzeugt, stand auf, und auch der Professor erhob sich. Er reichte Werther die Hand und sagte: "Ich danke Ihnen."

"Ich danke Ihnen", entgegnete Werther und unterdrückte ein spöttisches Lächeln.

"Aber bevor ich es vergesse: Ich brauche noch die Adresse und Telefonnummer Ihrer Haushälterin aus dem fernen Kasachstan."

"Wenn Sie meinen, dann schreibe ich sie Ihnen auf."

Er verließ das Zimmer, um Adressbuch und Schreibzeug zu holen, und Werther schaute ihm hinterher.

Entweder war es die sprichwörtliche Naivität der Intellektuellen, oder der Professor war wirklich gerissen.

8

Was für ein Gegensatz bot sich Werther nach dieser Atmosphäre von Trauer, Melancholie und Einsamkeit nun bei Wegener. Der Bassist der gewesenen Gruppe Woyzeck spielte gerade im Garten vor seinem Haus mit seinem Sohn Badminton.

Ja, Badminton, nicht Federball, denn sie hatten auf dem Rasen ein Feld gezeichnet und ein Netz gespannt. Wegener spielte mit der gleichen Dynamik, mit der er auch über die Bühne gefegt war. Und Werther hatte richtig gelegen. Das Mädchen auf dem Konzert war seine Tochter gewesen, die auch jetzt wieder zuschaute, eine wirklich brave Tochter, die sich ohne Ende an den Großtaten des Vaters ergötzte. Und der junge Mann, auf dessen Schultern sie gesessen hatte, war ihr Bruder.

"Polizei?" fragte Wegener, nachdem Werther schon eine gewisse Zeit dem Spiel beigewohnt hatte. Nach Werthers Bestätigung bat Wegener um fünf Minuten, die er dazu nutzte, um wie ein Löwe kämpfend das Spiel gegen seinen Sohn siegreich zu beenden.

Vater und Sohn klatschten sich ab, dann nahm Wegener ein Handtuch, ging zu Werther und reichte ihm die Hand.

"Danke, ich habe Sie erwartet."

"Sie wissen also vom Tod Meinolf Hesslings?"

"Ja, Professor Sager hat mich eben angerufen." Er grinste. "Und ich habe die Nachricht mit allergrößter Freude vernommen."

"Schön für Sie."

"Aber Papa", rief die Tochter dazwischen, "er war doch auch ein Mensch."

"Möglich", gestand Wegener zu, dann verfinsterte sich sein Blick in gespieltem Zorn, und er sagte zu seiner Tochter: "Mein liebes Töchterchen, wenn es Mode geworden ist, dass nicht mehr Väter ihre Töchter, sondern Töchter ohne Unterlass ihre Väter belehren, so werden wir uns hier dem Zeitgeist mit aller Entschiedenheit widersetzen." Er grinste erneut über das ganze Gesicht und fügte hinzu. "Zumindest solange du noch deine Füße unter meinen Tisch streckst und von mir finanzierte Tagliatelle spachtelst."

Das Töchterchen streckte daraufhin Papi die Zunge heraus, und Werther bemerkte, wo sie Recht habe, habe sie Recht.

"Sie wollen sich wohl bei den jungen Menschen hier einschleimen", ließ Wegener missbilligend verlauten.

"Nein, nur ungestört mit Ihnen sprechen."

"Dann tun wir das doch. Und du, sei ein braves Mädchen und bring deinem Vater und seinem Gast etwas zu trinken. Sie möchten doch etwas trinken?"

"Ja, sehr gerne, Wasser bitte."

"Dann zweimal Wasser bitte."

"Sehr wohl, die Herren."

"Ich danke dir, herzallerliebstes Töchterlein. Und wir greifen uns am besten diese formschönen Stühle."

Sie nahmen sich Gartenstühle, stellten sie ein wenig abseits, so dass sie sich in einiger Entfernung von den anderen befanden, und nahmen Platz.

"Ich habe die Ehre mit…"

"Lars Werther, Mordkommission. Und Sie sind Carsten Wegener?"

"So ist es."

"Ich habe heute eine Aufnahme von einem Auftritt Ihrer Band gesehen. "I Was Made For Loving You" - das war gut, wirklich gut."

"Danke, aber das ist ja nun vorbei." Er lächelte. "Womit sich, sentimental gesprochen, in gewisser Weise die Jugend endgültig verabschiedet hat."

"Und Sie haben nie darüber nachgedacht, in anderer Besetzung…"

"Nein, nicht ohne Lena. Es ist aus und vorbei."

"Sie standen ihr sehr nahe?"

"Das kann man so sagen. Wir kannten uns schon sehr lange, uns verband eine bewegte

Vergangenheit, und wir waren nach wie vor sehr gut miteinander befreundet."

"Heißt das, dass Sie einmal miteinander liiert waren?"

"Ja, exakt, und zwar zu der Zeit, als Robespierre Danton guillotinieren ließ."

"Der Unfall damals, der Professor nennt es Mord."

"Zurecht, Doppelmord."

"Der Richter nannte es…"

"Interessiert mich nicht. Der Unterschied zwischen einem klugen Juristen und einem unbedarften Laien wie mir ist: Ich bin nicht so blöd, die Gesetze der Mathematik, genauer gesagt der Wahrscheinlichkeitsrechnung zu ignorieren."

"Das heißt?"

"Wenn wir diese Gesetze mit einbeziehen, war es Mord. Die Logik der Richter ist simpel. Hessling hat sich nicht mit dem Vorsatz ins Auto gesetzt, Lena und ihre Tochter zu töten, also war es kein Mord. Etwas vereinfacht gilt hingegen nach der Wahrscheinlichkeitsrechnung: Das gemeingefährliche und rücksichtslose Rasen von hundert Personen führt über kurz oder lang mit mathematischer Sicherheit zu mindestens einem Toten. Also haben sich im übertragenen Sinne die Hundert zusammengesetzt, um gemeinschaftlich einen Menschen zu töten. Zufall ist lediglich, wer von ihnen zum Henker wird. Das ist für mich

Mord. Die Justiz kümmert sich nun in der Regel nicht um die 99 versuchten Morde, und in dem einen Fall, in dem es nach den besagten Gesetzen der Wahrscheinlichkeitsrechnung zwangsläufig zu einem tödlichen Unfall kommt, ist es für die Justiz einfach nur Pech, Pech für das Opfer. Meiner Meinung nach sollte es zumindest auch Pech für den Täter sein. Er gehört lebenslang in den Knast."

"Durchaus nicht abwegig und sehr interessant. Aber was macht man mit jemandem, der nicht lebenslang hinter Gitter kommt, sondern lediglich ein Jahr mit Bewährung bekommt?"

"Den bringt man ohne die allergeringsten moralischen Skrupel um, es sei denn, man hat so ein schönes Haus, einen schönen Garten, vor allem aber eine liebevolle und liebenswerte Frau und hoffnungsvolle Sprösslinge, die man noch einige Jahre durchs Leben begleiten will. In einem solchen Fall nimmt man den Standortnachteil, den Stadelheim oder Straubing nun einmal mit sich bringt, auf gar keinen Fall in Kauf."

"Das leuchtet mir ein. Aber wenn wir gerade beim Thema sind: Wo waren Sie gestern zwischen 19 und 23 Uhr?"

"Hier, im Kreise meiner Lieben, Herr Kommissar."

"Können das die Lieben auch bestätigen?"

"Natürlich."

"Gut, ich werde sie fragen." Werther schaute auf das Haus, vor dem Wegeners Tochter saß, ein Buch las und hin und wieder verstohlen zu ihnen herüber blickte. Dann sagte er entspannt:

"Ich kann mir sehr gut vorstellen, dass Sie das alles hier nicht gefährden würden, auch wenn Sie Lena Sager sehr nahe standen und grundsätzlich nichts dagegen hätten, der Henker des Henkers zu werden. Aber mal etwas ganz anderes", fügte er mit Blick auf das Badminton-Netz hinzu. "Ich sitze heute schon den ganzen Tag auf meinem Allerwertesten und befrage die Leute. Wie wäre es? Sind Sie noch fit genug für einen Satz?"

"Was für eine Frage, junger Mann?"

Werther hatte schon einige Zeit lang nicht mehr gespielt und zahlte am Anfang Lehrgeld. Aber er war mehr als zehn Jahre jünger, und Wegener steckte doch noch das letzte Spiel in den Knochen, so dass ihn Werther zuletzt mit 15 zu 11 niederrang. Dann folgte der Sohn, das Spiel ging über zwei Sätze, die Werther beide gewann. "Es geht also doch noch", sagte er.

"Sie spielen im Verein?" fragte Wegeners Sohn.

"Habe ich, unterklassig bei dem berühmten Klub Rot-Weiß Wuppertal, vor geraumer Zeit."

Dann fragte er noch, seinen Pflichten als Polizeibeamter nachkommend, ob Wegener tatsächlich den gestrigen Abend zu Hause verbracht habe. Alle drei - Frau, Sohn und Tochter - bestätigten es.

"Den ganzen Abend, von 19 bis 23 Uhr?"

"Ja, den ganzen Abend", echote es von drei Seiten. Wegeners Tochter sah ihn feindselig an, als habe er sie tief enttäuscht. Werther lächelte: "Reine Routine."

Dann bedankte und verabschiedete er sich höflich und fuhr zu Brand, dem Schlagzeuger, den er allerdings nicht zu Hause antraf. Eine Nachbarin mutmaßte, dass er verreist sei, da sie ihn weder gestern noch heute gesehen habe. Werther blieb für den Moment nichts übrig, als seine Karte und eine Nachricht mit der Aufforderung, sich umgehend bei ihm zu melden, in den Briefkasten zu werfen.

Auch Stadler, der Gitarrist, war nicht zu Hause, von seinem Mitbewohner erfuhr Werther jedoch, dass Stadler mit Brand zu einem Rockkonzert an den Rhein gefahren war. Werther erhielt auch die Telefonnummer des Freundes, bei dem die beiden am Rhein übernachten wollten, sah allerdings von einem Anruf ab, da Stadler und Brand ohnehin am nächsten Tag zurückkommen wollten. Stattdessen hinterließ er auch hier seine Karte und bat den Mitbewohner, Stadler auszurichten, er möge umgehend mit ihm Kontakt aufnehmen.

Es war, dachte Werther auf der Heimfahrt, nicht ungewöhnlich, dass zwei ehemalige Rockmusiker zu einem Rockkonzert fuhren, zugleich roch es sehr nach dem Bemühen, sich ein Alibi zu verschaffen, kurz nach Mitwisserschaft, falls sie tatsächlich am gestrigen Abend im Rheinland gewesen waren.

Nun gut, man würde ja sehen, was es damit für eine Bewandtnis hatte. Unzweifelhaft war dagegen, dass ein außergewöhnlicher Arbeitstag hinter ihm lag. Von Hesslings Mutter einmal abgesehen, hatte er es heute ausschließlich mit freundlichen Menschen zu tun gehabt, die vom Mord emotional kaum bewegt schienen, ihm, dem Polizeibeamten, mit großer Offenheit entgegengetreten waren und dabei entspannt Geschichten aus ihrem Leben erzählt hatten, falls sie ihn nicht gerade mit rechtsphilosophischen Erläuterungen erfreuten. Es blieb die alte Frage: Was war Theater? Wer war der Schauspieler und Mörder?

Zu Hause angekommen, fand er auf dem Anrufbeantworter zwei Nachrichten vor. Riepertinger teilte ihm mit, dass er morgen um acht im Präsidium sei, und Laura sagte ihm mit ihrer schönen Stimme mit dem leichten, weichen Akzent, dass sie an ihn denke, und wünschte ihm eine gute Nacht.

Er ging in die Küche und presste sich einen Orangensaft, den er mit Blick auf die Bäume vor seinem Fenster im Wohnzimmer langsam und genießerisch trank. Es war halb elf und wohl zu spät, um zurückzurufen, und er sagte sich, dass er heute den ganzen Tag zu beschäftigt gewesen sei, um an Laura zu denken, die Frau, die er liebte und die, wenn nicht heute, so doch ganz sicher morgen wieder in den Armen des Anderen lag.

9

Am nächsten Morgen stand Werther um Viertel nach sechs auf, lief eine halbe Stunde in recht hohem Tempo durch den Englischen Garten, holte sich auf dem Rückweg vom Bäcker Croissants, duschte kalt, kleidete sich an, aß die Croissants zu einem Milchkaffee, hängte die Sportkleidung zum Trocknen auf den Balkon, spülte das Geschirr, räumte es in den Schrank und tat dabei alles mit der gleichen Sorgfalt, die auch Laura knapp 24 Stunden zuvor an den Tag gelegt hatte.

Pünktlich um drei Minuten vor acht erschien er im Präsidium, erstattete Riepertinger Bericht und sah sich dabei die Fotos vom Tatort an, die auf dem Tisch lagen. Auch Riepertinger fand die gemeinsame Reise zweier potenziell Verdächtiger am Mordtag bemerkenswert. Dann fasste er den Inhalt seiner Gespräche mit den Beamten zusammen, die im Personenschutz Meinolf Hesslings eingesetzt worden waren.

Übereinstimmend bezeichneten sie Hessling als wenig angenehmen und im Umgang schwierigen Zeitgenossen, wobei er bedauerlicher-, aber auch verständlicherweise keine Ausnahme gewesen sei, da niemand die durch den Personenschutz bedingten Einschränkungen der Bewegungsfreiheit und des Privatlebens mit Freuden hinnehme. Ebenfalls übereinstimmend wurde der Umgang mit Helga Siebert als ebenso belastend wie phasenweise unterhaltsam beschrieben. Ihre schwärmerische Zuneigung habe Hessling in der Anfangszeit erwidert. Auch sie glaubten, dass ihm ihre mütterlich-tröstende Fürsorge und ihr rückhaltloses Eintreten für ihn gut taten, als er nicht nur von der Presse massiv attackiert, sondern auch immer wieder von Einzelnen beschimpft und bedroht wurde. Hessling sei für sie "der Gute" gewesen, der genauso wie sie selbst während ihres ganzen Lebens von einer Vielzahl "böser Menschen" verfolgt wurde.

"Ja, klar. Lena Sager kann nicht Auto fahren, und der arme Hessling muss es ausbaden. Ich kotze gleich."

"Ja, ja, genutzt hat ihr das allerdings nichts. Hessling Gefühle, die er zu Beginn empfunden haben mochte, erkalteten schnell. Das hatte zwei Gründe, ebenfalls nach übereinstimmender Beurteilung der drei Kollegen, die übrigens in der Beschreibung der Siebert'schen Skurrilitäten kaum zu bremsen waren.

So habe sie es verstanden, auch die einfachsten Dinge des Alltags maßlos zu verkomplizierten. Kollege Sargstetter erzählt, dass zum Beispiel ein einstündiger Spaziergang eine mindestens doppelt so lange Vorbereitungszeit erforderte: Eine Stunde für die Modenschau bei der Suche nach der passenden Kleidung, und eine Stunde für die Erörterung der von der Siebert immer wieder aufgeworfenen Frage, ob man den Spaziergang nun tatsächlich unternehmen solle oder doch besser nicht. Für den Spaziergang selbst sei dann am Ende meistens keine Zeit mehr geblieben.

Vor allem habe sie ständig Theater gespielt, und zwar auf äußerst theatralische Weise. Wie die Siebert beispielsweise mit ihrem leidlich hübschen Gesicht und ihrer Korpulenz in weiten, wehenden Gewändern in heller Verzückung auf den eintretenden Hessling zugeflogen sei und ihn dann mit Liebeserklärungen in der allerplattesten Bildersprache beglückt habe, habe alle drei Beamte aufs Tiefste und Nachhaltigste beeindruckt. Der Kollege Manfred Reichert wörtlich: ‚Das muss man erst einmal aushalten.'

Später gab es dann keine Liebesszenen mehr, sondern nur noch Szenen, die aber fortwährend, bei denen sie ihn mit krankhafter Eifersucht plagte und ihm fehlende Dankbarkeit vorwarf. Noch einmal Originalton Reichert: ‚Hessling war ein Arschloch, der Mord jedoch überflüssig, denn der Mann war gestraft genug'.

Das Ende: Hessling macht Schluss, sie taucht dreimal bei ihm auf. Zweimal scheitert das Zimmermädchen, und erst der resoluten Mutter gelingt es, die Tobende abzuwimmeln. Beim dritten Mal bleibt die Tür verschlossen."

"Ein Motiv hätte sie also."

"Das kann man so sagen."

"Aber ein Mord unter Ausschluss der Öffentlichkeit? Sie hätte doch sicher die Gelegenheit genutzt, dem Treulosen publikumswirksam das Messer ins Herz zu rammen."

"Frauenversteher", lobte Riepertinger, "aber die klassische Handschrift einer Frau trägt der Mord tatsächlich nicht."

"Was heißt das schon?"

"Auf alle Fälle sollten wir sie heute befragen."

"Ja, natürlich, aber gemeinsam."

"Hast du Angst?"

"Oh ja."

"Sehr aufschlussreich", fuhr Riepertinger fort, "waren auch die Äußerungen der Kollegen zum Verhältnis der beiden Brüder zueinander. Das soll, wie ihnen in der Firma zugetragen wurde, zerrüttet gewesen sein. Bernd Hessling, so munkelte man, fühlte sich kaltgestellt. Das Bemerkenswerte: Keiner der drei konnte das auch nur ansatzweise bestätigen. Sowohl Bernd Hessling als auch die süße, kleine Maus, die dich so beeindruckt hat, waren ausnehmend freundlich zu seinem Bruder. Daraus folgt: Man soll nichts auf Gerüchte geben.

Oder: Bernd Hessling hat uns die Wahrheit gesagt und mit Rücksicht auf die Firma in dieser schwierigen Situation alle früheren Rivalitäten zurückgestellt.

Oder: Er hat den Unfall als Chance erkannt, den Bruder zu beseitigen, und von Anfang an konsequent auf Motivverschleierung hingearbeitet."

"Ich kann deine Schlussfolgerungen voll und ganz unterschreiben. Aber was war mit den Drohungen?"

"Ja, eigentlich das Wichtigste. Sie kamen zunächst ohne Ende. Als man aber nach dem Prozess nicht mehr über den Fall berichtete, wurden es schlagartig weniger. Auch hier in völliger Übereinstimmung: nichts Ernsthaftes und Konkretes."

"Klar, es wäre auch zu einfach."

"Also zu Helga?" fragte Riepertinger.

"Moment", sagte Werther, "was ist mit dem Schwert?"

"Du meinst diesen komischen Tattoo-Aufkleber?"

"Ja, das Einzige, was wir konkret haben."

"Ich denke, das macht am besten die Weindorfer."

"Stimmt. Darum können wir uns nicht auch noch kümmern."

"Gehst du hin?"

"In Ordnung."

Er fand unter den Fotos vom Tatort eines, das das Schwert in Großaufnahme zeigte, und ging dann mit dem Foto und dem Firmenprospekt von Hessling und Söhne die wenigen Meter zum Büro der Kriminaloberkommissarin Sigrid Weindorfer, die in einem ausgewaschenen hellblauen

Sweatshirt hinter ihrem Schreibtisch saß, eine schöne Farbe immerhin.

"Grüß Sie", sagte Werther, als er eintrat.

"Guten Morgen", entgegnete die Weindorfer. Es klang weder freundlich noch schlecht gelaunt. Sie blickte ihn mit ausdruckslosem Gesicht durch die runden Gläser ihrer Brille an.

"Es gibt Arbeit, junge Frau."

"Gut."

Werther hatte sich wie alle anderen daran gewöhnt, dass die Weindorfer immer nur das Nötigste sagte, das aber konsequent ohne Gefühlsregung. Nur das Bild des Potala-Palastes zu Lhasa hinter ihr an der Wand erinnerte an das Gerücht, das im Präsidium über sie im Umlauf war. Demzufolge hatte sie einmal auf einem Betriebsfest angetrunken über Tibet gesprochen, über den Überfall der Rotchinesen auf das militärisch hoffnungslos unterlegene Land, über die Zerstörung der Kulturdenkmäler, die Unterdrückung der Bevölkerung, der Meinungsfreiheit, über die drakonische Bestrafung auch der leisesten oppositionellen Regung, über Barbarei und infamste Hinterhältigkeiten der Besatzer. Sie habe seinerzeit, sagte man, endlos geredet, aber das war eben nur ein Gerücht, dem man wie allen Gerüchten mit allergrößter Vorsicht beggnen musste.

Nun aber übernahm Werther das Sprechen und klärte die Kollegin über alles Notwendige im

Mordfall Hessling auf, wobei sie sich mit einem Bleistift Notizen machte. Dann erteilte er ihr die Anweisung, sie solle bitte im Internet recherchieren, wo ein solcher Tattoo-Aufkleber erhältlich sei und - falls möglich - wer einen solchen bestellt und erworben habe.

Des Weiteren solle sie herausfinden, ob und wo ein solcher Aufkleber in Münchener Geschäften erhältlich sei. Dies war eine ebenso langweilige wie zeitaufwendige Arbeit, die Weindorfer sagte aber nur:

"Ja."

Dann gab er ihr das Foto mit dem Schwert sowie den Firmenprospekt mit der Bitte um Rückgabe am Abend. Er wies darauf hin, dass sich ein Foto des Vertriebschefs Bernd Hessling auf der vorletzten Seite des Prospekts, eines der Band Woyzeck hingegen im Internet befinde, und bat sie zu schauen, ob sie im Internet auch Fotos von Professor Sager und Pecchioli finden könne. Der Professor habe sicher Bücher veröffentlicht und möglicherweise hatte sein Verlag ein leidlich aktuelles Foto vom ihm ins Netz gestellt. Und Pecchioli besitze eine Firma und vielleicht sei da auch etwas zu machen. Auch diese Fotos solle sie ihnen nach Möglichkeit am Abend überlassen. Und ja, vielleicht wäre es nicht schlecht, wenn sie sich das Schwert in der Pathologie im Original anschauen würde, auch wenn das nicht gerade angenehm sei.

"Das ist kein Problem", sagte die Weindorfer.

"Danke. Ich hoffe, es kommt etwas dabei raus."

"Wir werden sehen."

"Dann bis heute Abend."

10

Werther fuhr dann gemeinsam mit Riepertinger zu Helga Siebert. Dort begann es wirklich etwas kompliziert, denn sie trafen die Siebert zunächst nicht zu Hause an, waren aber sehr erfreut, als sie von einer Nachbarin erfuhren, dass sie nur zwei Straßen weiter in einer Reinigung arbeite. Aber auch dort war sie nicht. Sie habe sich krank gemeldet, teilte man ihnen mit. Einer Intuition folgend gingen sie erneut zu ihrer Wohnung und begegneten ihr vor der Haustür.

"Sie kommen wegen Meinolf", sagte sie, nachdem sich die beiden ausgewiesen hatten, "ach, ich bin ja noch ganz aufgelöst."

Dennoch war sie in der Lage, Riepertinger und Werther in ihre Wohnung zu führen. Dort bot sie ihnen an, Tee zu kochen, aber ihre Gäste begnügten sich mit Wasser. Während sie dies aus der Küche holte, blickte sich Werther im Zimmer um. Überall stand Nippes herum, Figuren in allergrößter stilistischer und thematischer Vielfalt, die allesamt darauf schließen ließen, dass die Bewohnerin von keinerlei Berührungsängsten gegenüber Kitsch geplagt war, ganz abgesehen davon, dass sie das Staubwischen sicher zu einer Sisyphos-Arbeit machten. An den Wänden hingen Fotos und Poster von Schlagersternchen und

Volksmusikern. Einige kannte Werther nur von Fotos aus der Zeitung, aber an die eine Schlagersängerin und den anderen Schlagersänger hatte er noch Erinnerungen aus fernen Kindheitstagen und war erstaunt darüber, dass es sie noch gab. Eine Wand jedoch war ganz allein für ein Bildnis König Ludwigs des Zweiten reserviert, der auch durch eine lebensgroße Büste im Zimmer präsent war. Werther war beeindruckt, wurde jedoch in seinem Studium der Schönheiten unterbrochen, weil Helga Siebert mit den gefüllten Gläsern zurückkam und von ihrer Therapeutin zu erzählen begann, die sie heute früh bereits aufgesucht hatte.

"Ich habe gestern im Radio von dem Mord an Meinolf gehört und war natürlich völlig fertig. Aber ich habe sie sofort angerufen, das kann ich nämlich auch am Sonntag, und sie hatte direkt heute Zeit für mich."

"Das ist schön", sagte Werther.

"Sie tut mir ja so gut!"

Auch das war schön.

"Sie werden mich jetzt sicher fragen, warum ich mich in therapeutische Behandlung begeben habe."

'Nicht unbedingt', dachte Werther.

"Es war wegen Hessling und der Trennung, aber nicht nur seinetwegen. Sie hat mir klar gemacht, dass ich nicht ihn liebe, sondern nur meine Vorstellungen von der Liebe."

"Ja", sagte Werther freundlich, "wir haben gehört, dass Sie sich in Hessling verliebten, als Sie ein Bild von ihm in der Zeitung sahen."

"Genau das ist es ja. Meine Therapeutin sagt, ich habe alle meine Wünsche auf ihn projiziert, ohne mich zu fragen, was für ein Mensch er ist und ob er es wirklich wert ist."

Sie schaute Werther an, und der nickte.

"Und ich habe erfahren müssen, dass er es leider nicht wert war. Und daher muss ich loslassen, sagt die Therapeutin, und hat völlig Recht. Durch seinen Tod ist jetzt natürlich alles anders geworden. Ich werde um ihn trauern und dann loslassen."

"Daran tun sie wirklich gut", bestätigte Werther. Wenn es einen Menschen gab, der die Siebert verstand, dann war er es. "Trotzdem müssen wir Sie fragen", sagte er dann sanft, "wo sie vorgestern zwischen 19 und 23 Uhr waren?"

Die Siebert schaute zunächst Werther, dann Riepertinger verdattert an und fragte schließlich:

"Sie glauben wirklich, dass ich…?"

"Nein", unterbrach sie Riepertinger, "wir glauben gar nichts. Es ist reine Routine."

"Ich war hier", antworte sie, und es klang ein wenig beleidigt.

"Allein?" fragte Riepertinger.

"Ja, ich war allein."

"Und was haben Sie gemacht?" fragte nun Werther.

"Ich habe ferngesehen."

"Und was, wenn ich fragen darf?" Werther lächelte.

"Den Grand Prix der Volksmusik."

"War es schön?"

"Ja, schon."

"Und wer war dabei?"

Wie aus der Pistole geschossen nannte sie einige Namen, dann musste sie ein wenig überlegen, um weitere Namen hinzuzufügen. Riepertinger und Werther versuchten, sich so viele Namen wie möglich zu merken. Aufschlussreich wäre es ohnehin nur gewesen, wenn sie keine Ahnung gehabt hätte, denn schließlich gab es Videorecorder, DVD und Internet.

Dann fragte Riepertinger, ob Hessling Feinde gehabt habe, und sie hörten einmal mehr von den Bedrohungen und Anfeindungen nach dem Unfall, aber auch von ihr nichts Konkretes.

"Und sonst?" fragte Werther.

"Nein, sonst hatte er bestimmt keine Feinde."

Werther nickte. "Man hat ihn auch mit einer schwarzhaarigen Frau im Pagenschnitt gesehen. Wissen Sie etwas über sie?"

Nein, von ihr wisse sie nichts, habe aber geahnt, dass er eine andere gehabt habe, aber das lasse sie nun kalt.

Werther nickte aufmunternd. "Wann haben Sie ihn eigentlich zum letzten Mal gesehen?"

"So vor zwei Wochen", entgegnete sie, "da hat er ein paar Sachen abgeholt, die er noch hier hatte."

"Gut", sagte Werther freundlich, "ich glaube, das war's."

Er blickte zu Riepertinger, der nickte, und sagte dann abschließend:

"Melden Sie bitte bei uns, falls Ihnen noch etwas einfallen sollte, was wichtig sein könnte. Aber fürs Erste danken wir Ihnen herzlich." Er stand auf und reichte ihr die Hand, auch Riepertinger verabschiedete sich, dann verließen sie Wohnung, und Helga Siebert schloss nachdenklich hinter ihnen die Tür.

"Irgendwie tut sie mir leid mit ihrem Ludwig, ihrer Therapeutin und ihrer Vorstellung von der Liebe", sagte Werther, als sie wieder im Auto saßen.

"Ja, jeder hat sein Päckchen zu tragen", knurrte Riepertinger, "jedenfalls glaube ich nicht, dass sie es war."

"Ich auch nicht. Wenn jemand so wirkt, als könne er keiner Fliege etwas zuleide tun, dann ist sie es. Andererseits reagiert der Traumtänzer an sich gerne erbost, wenn man sein Kartenhaus einreißt.

Trotzdem: Einen Mord traue ich ihr auf gar keinen Fall zu, schon gar nicht diesen."

"Gut", sagte Riepertinger, "also weiter. Was wir jetzt brauchen, ist das Phantombild von Hesslings letzter Begleiterin."

"Darauf ist die Meybaum spezialisiert, oder?"

"Glaube schon."

"Dann greife ich sie mir samt ihrem Laptop und fahre mit ihr zu Mutter Hessling. Und was machst du?"

"Ich besuche mit Hesslings Bruder die Pathologie."

11

Die Mutter des Ermordeten enttäuschte Werther nicht. Einmal mehr selbstbeherrscht bis zum Äußersten und frei von jeglicher Gefühlsregung machte sie außergewöhnlich klare und präzise Angaben, so dass ein wirklich ansehnliches und realitätsnahes Phantombild entstand. Es zeigte eine sehr attraktive Frau, fand Werther, wobei allerdings die Strenge der Frisur keinesfalls zu den weichen und zarten Gesichtszügen zu passen schien. Möglicherweise hatte die Frau nicht mit Hilfe einer kompetenten Stilistin die typgerechte Frisur gesucht, sondern sich einfach eine Perücke aufgesetzt. Aber wo sollte er sie finden? Wenn er jetzt einmal davon ausging, dass die Schöne mit Hang zur Tarnung nicht in dieser Stadt lebte, dann war lästiges und ex-trem aufwendiges Klinkenputzen in Hotels und Pensionen angesagt.

Viel Arbeit auf der Basis einer Hypothese, aber immerhin eine Möglichkeit.

Betrachtete man das bisher Ermittelte nach dem äußeren Schein, nahm also die bislang befragten Motivbelasteten so, wie sie sich gaben, dann konnte - abgesehen vielleicht einmal von Hesslings Bruder - nur die unbekannte Schöne der Schlüssel zu diesem Fall sein. Zunächst aber hatten sie sich um Stadler und Brand zu kümmern, die sich nach ihrer Rückkehr vom Rhein artig gemeldet hatten und bereits im Präsidium erschienen waren. Auch Riepertinger war schon aus der Pathologie zurück und verhörte den Schlagzeuger. Werther bat also Sebastian Stadler in sein Büro. Der Gitarrist der Gruppe Woyzeck war relativ klein, schmächtig, geradezu zierlich, unscheinbar und penibel gepflegt, was bei einem Mann dann doch zumindest auf den zweiten Blick ins Auge stach. Seine Bewegungen und Gesten wirkten nicht tuntig, aber doch ein wenig feminin. Stadler war schwul, das merkte man sofort, dazu hätte es auch gar keines Gespräches mit seinem Mitbewohner bedurft, der ohne Zweifel auch sein Partner war.

"Jethro Tull auf der Loreley", sagte Werther, "das klingt wirklich phantastisch."

Er hatte sich mittlerweile im Internet kundig gemacht und gelesen, dass im Rahmen der Night of the Prog auch die Band um Ian Anderson aufgetreten war, deren Lieder er, der Nachgeborene, wohl auch ohne seinen Onkel gekannt hätte, da sie zu Klassikern geworden waren. Sie gefielen ihm sehr.

"Das war auch gut", bestätigte Stadler.

"Ja?"

"Ian Anderson ist ein begnadeter Musiker mit Charisma, allerdings ein bisschen streng, wenn's ums Fotografieren geht. Und sie machen einfach nach wie vor sehr gute Musik, wenn auch nach der langen Zeit alles ein wenig routiniert rüberkommt."

"Also gut und gekonnt, aber nicht richtig begeisternd."

"Schon begeisternd allein aufgrund der wunderbaren Atmosphäre auf der Loreley, das eine oder andere Lied hat man vielleicht schon zu oft gehört."

"Aber gelohnt hat es sich doch?"

"Unbedingt. Die anderen Gruppen waren ja auch nicht schlecht."

"Schön. Sie wissen, warum wir Sie sprechen wollen?"

"Ich kann's mir denken. Hessling ist ermordet worden. Das habe ich heute Vormittag im Zug gelesen."

"Ja, es steht in allen Zeitungen."

"Erwarten Sie jetzt nur kein Mitgefühl von mir."

"Nö, tue ich nicht." Werther schüttelte den Kopf, dann blickte er Stadler an und fragte: "Wem trauen Sie es zu? Lena Sagers Vater, eher als Anstifter denn als Ausführender, Wegener, dem ehemaligen Geliebten, Brand, dem Freak, der hier konkret die Welt verändern und für das sorgen kann, was er unter Gerechtigkeit versteht, dem Vater von Lenas Tochter oder ihrem Chef Pecchioli, der überall dabei war?"

Stadler schwieg einen Moment, dann sagte er: "Ich weiß nicht, wer der Vater ihrer Tochter ist, ihren Chef kenne ich nur vom Sehen, und für die anderen lege ich die Hand ins Feuer."

"Die waren es also nicht?"

"Natürlich nicht." Stadler lächelte, dann sagte er leise: "Und glauben Sie wirklich, ich würde einen von ihnen hinhängen, wenn es anders wäre?"

"Das ist edel, wenn auch nicht in meinem Sinne", bemerkte Werther und fragte dann:

„Wie war Ihr Verhältnis zu Lena Sager?"

"Sehr gut, wir waren Freunde."

Werther nickte.

"Sie fragen, ob wir eine Beziehung hatten?"

"Nein."

"Wir waren wirklich gute Freunde. Ich konnte mit ihr über Dinge sprechen, mit der ich sonst mit niemandem sprach. Und umgekehrt war es wohl genauso."

"Das heißt, der Tod Ihrer Freundin hat Sie sehr getroffen."

"Ja, der Tod von Lena und ihrer kleinen Tochter hat mich in der Tat sehr getroffen."

"Das verstehe ich nur zu gut. Aber so eng befreundet waren Sie wohl doch nicht, denn sonst wüssten Sie ja, wer der Vater ihrer Tochter ist."

"Was soll ich dazu sagen? Darüber hat sie nicht gesprochen, weder mit mir noch mit anderen."

"Ich frage mich, warum daraus so ein Geheimnis gemacht wird und in diesem Punkt alle lügen."

"Ich lüge nicht."

"Gut", sagte Werther nachdenklich, dann fragte er unvermittelt: "Sie sind homosexuell?"

"Haben Sie etwas dagegen?"

"Sehe ich so aus?"

"Nein, eigentlich nicht."

"Danke. Ihr Mitbewohner ist Ihr Partner?"

"Ja, mein Lebensgefährte."

"Und der hat nichts dagegen, wenn Sie ständig mit Brand auf Konzerte fahren?"

Stadler lachte. "Wieso? Roland ist eine Hete."

"Wie bitte?" fuhr Werther auf. "Wenn ich dich Schwuchtel nenne, ist das eine tödliche Beleidigung und Diskriminierung, aber ich bin eine Hete oder wie?"

"Oh, bitte entschuldigen Sie. Ich meinte nur, Jörg, mein Freund, ist nicht eifersüchtig auf Roland, weil Roland heterosexuell veranlagt ist."

"Und ich meine, es kommt darauf an, wie oft Sie mit Roland Brand unterwegs sind."

"Ja, so oft auch wieder nicht."

"Wie oft?"

"Nun, gelegentlich."

Werther sprang auf und schrie Stadler an: "Ich will kein Geschwafel, sondern wissen, wie oft Sie mit Roland Brand in den letzten fünf Jahren auswärtige Konzerte besucht haben, konkret und belegbar, und wohlgemerkt Konzerte anderer Bands, nicht die Ihrer eigenen."

Stadler zuckte hilflos und eingeschüchtert mit den Schultern: "Ja, so oft wirklich nicht."

"Der erste gemeinsame Konzertbesuch nach wie vielen Jahren?"

"Nach einigen", gestand Stadler, "wie Sie richtig sagen, haben wir ja früher immer selbst Konzerte gegeben."

"Gut", sagte Werther und pfefferte Schreibblock und Kugelschreiber vor Stadler auf den Tisch, "die Namen, Adressen und Telefonnummern der Leute, die bezeugen können, dass Sie und Brand am Samstagabend am Rhein waren."

"Ja, die schreibe ich Ihnen auf."

"Auch wenn die Personen hier Ihre Angaben bestätigen", sagte Werther, nachdem Stadler alles aufgeschrieben und ihm den Block wieder gereicht hatte, "sind Sie keineswegs aus dem Schneider, denn es ist äußerst bemerkenswert, dass Sie beide ausgerechnet am Mordtag verreist waren."

"Aber das ist doch reiner Zufall."

"Ein sonderbarer und für Sie ausgesprochen vorteilhafter Zufall."

"Ich weiß, was Sie meinen. Sie glauben, wir hätten von dem Mord gewusst und seien gemeinsam weggefahren, um uns Alibis zu verschaffen. Aber so war es wirklich nicht."

"Wenn Sie mir das sagen, bin ich ja beruhigt, und alles ist in bester Ordnung."

"Sie glauben mir nicht?"

"Definitiv nicht."

"Dann müsste ich Ihrer Meinung nach ja den Mörder kennen?"

"Natürlich."

Stadler lachte etwas verlegen wie über die Zufälle des Lebens, die den Kommissar solche Absurditäten glauben ließen und vielleicht sogar glauben lassen mussten. Dann sagte er klar und resolut: "Nein, Herr Kommissar, ich kenne den Mörder nicht, definitiv und wirklich nicht."

So widersprüchlich es Werther auch schien, sie klang absolut glaubwürdig, die letzte Aussage, vor allem wie er es sagte.

"Gut, das war's fürs Erste", sagte Werther und erhob sich.

"Ich kann also gehen?" fragte Stadler und stand ebenfalls auf.

"Klar."

"Nun ja, und das mit ‚Hete' war wirklich nicht böse gemeint."

"Logo, verstehe ich doch, vereinfacht eben die Sprache. Schwuchtel lässt sich doch auch viel leichter sagen als homosexuell. Viel zu lang und kompliziert."

Er hielt Stadler die Tür auf, so dass dieser auf den Gang treten konnte, wo Brand schon auf ihn wartete. Brand stand auf, als Stadler auf ihn zutrat, und gemeinsam zogen sie von dannen, die beiden ehemaligen Hobby-Rockmusiker. Werther aber saß schon wieder an seinem Schreibtisch, als Riepertinger hereinkam.

"Und?" fragte Werther.

Riepertinger grinste, trat neben Werther, versetzte ihm einen freundschaftlichen Ellbogenstoß und sagte: "Hey, Mann, klar hatte ich einen Mordshass auf den Typen, ey, aber Mord, Mann, ist mir wirklich zu heavy."

"Ist doch echt cool, ey."

"Manche Leute laufen wie die Karikatur ihrer selbst herum."

"Stimmt."

"Er ist übrigens Kunde von uns."

"Drogen?" fragte Werther.

"Ja, kleinere Rauschgiftdelikte, liegen aber schon Jahre zurück."

"Und sonst?"

"Unter der derben Schale steckt ein weicher Kern."

Werther nickte. "Natürlich."

"Ich denke, Brand war Lena Sager sehr zugetan."

"Was heißt das genau?"

"Es klang nach der großen, unerreichten Liebe."

„Wäre an sich ein wunderschönes Motiv."

„Wobei ich allerdings glaube, dass die tatsächlich auf der Loreley waren."

„Ja, ich auch."

"Und bei dir?"

Werther legte die Füße auf den Tisch und grinste.

"Stadler und Lena Sager waren dicke Freunde. Stadler ist schwul, und du weißt ja, Frauen und Schwule verstehen sich prächtig. Sie eint das gemeinsame Feindbild: heterosexuelle Männer."

Riepertinger lachte. "Interessanter Gedanke."

"Aber klar doch, für die moderne Frau von heute gehört es einfach zum guten Ton, Schwule 'unheimlich süß' zu finden."

"Neidisch?"

"Nein, nicht die Bohne. Ich verstehe das. Da kann Frau endlos reden, ohne Gefahr zu laufen, dass Mann ihr nach strategischem Geplauder nach der Unschuld trachtet. Du weißt ja, so sind sie, die heterosexuellen Männer wie du und ich. Und umgekehrt verstehe ich es genauso. Ich kann mir vorstellen, dass die Szene auch nicht immer so edel und sicher geschwätzig ist. Und eine Hete, wie Stadler so wunderschön formuliert, ist bestimmt auch kein idealer Gesprächspartner, mit all seinen Berührungsängsten, weil er sich unterschwellig angemacht fühlt."

"Und sich das vielleicht sogar noch unterschwelliger wünscht."

"Oh, du bist ein großer und kenntnisreicher Psychologe, Riepertinger", lobte Werther mit feinem Lächeln. "Ich meine, dass eine Freundin einfach perfekt für des Homosexuellen Seele ist und dass so Nähe entstehen kann, wirkliche Nähe."

"Und das heißt?"

"Eine Binsenweisheit. Von Taten im Affekt einmal abgesehen, sind Choleriker doch recht harmlose Menschen. Sie lassen ihre Wut spontan raus und beruhigen sich wieder. Gefährlicher sind doch eigentlich die Ruhigen und Leisen, die alles in sich hineinfressen."

"Ganz abgesehen davon, dass der Mord an Hessling durchaus im Affekt verübt worden sein kann, verdächtigst du also Stadler?"

"Ich weiß nicht. Geht ja schlecht, wenn er nicht da war. Wir sollten auf alle Fälle die Kollegen in Koblenz bitten, die Alibis zu überprüfen. Aber mein Gefühl, das selbstverständlich trügen kann, sagt mir: Die beiden waren am Rhein und wollten sich mit der Reise ein Alibi verschaffen, aber Stadler sagt die Wahrheit, wenn er behauptet, den Mörder nicht zu kennen."

Er blickte Riepertinger an und fügte hinzu:

"Du siehst mal wieder, Gefühle sind widersprüchlich ohne Ende."

"In der Tat eher unwahrscheinlich", sagte Riepertinger, "sie wissen, dass ein Mord geplant ist, aber nicht von wem."

"Diesen Eindruck hatte ich zumindest bei Stadler. Wie war's bei Brand?"

"Hat angeblich keine Ahnung von nichts, und wirkt nicht unbedingt wie jemand, der gut lügen kann."

"Dann hat er zumindest einmal gelogen, wenn ich richtig liege."

Riepertinger zuckte mit den Schultern.

"Ich sehe, wir kommen hier nicht weiter, alter Hooligan", konstatierte Werther und stand auf. "Und Hessling hat seinen Bruder identifiziert?"

"Natürlich."

"Und?"

"Er ist nicht in Tränen ausgebrochen."

"Das hätte mich auch gewundert. Also zu Pecchioli, oder?"

Riepertinger sah auf die Uhr und erhob sich dann auch. "Das geht noch gerade. Weißt du, heute Abend ist Elternsprechtag."

"Das heißt, ich darf die Hotels und Pensionen alleine abklappern?"

"Aber ja doch, mein Freund", sagte Riepertinger und legte Werther die Hand auf die Schulter.

"Und deine Strategie heute Abend? Gut Wetter machen oder die Erzieher zusammenfalten?"

"Ich werde mir mit großer Freude die Lobgesänge auf meine fleißigen, hochbegabten und wundervollen Töchter anhören."

"Immer hast du den besseren Job."

"So ist es nun einmal. Du darfst aber gerne weinen."

Dann hatten sie genug kollegial gescherzt und verließen das Büro, um sich auf den Weg zu Lena Sagers Chef zu machen.

12

Enrico Pecchioli war ein gutaussehender, elegant gekleideter, schlanker Mann Ende vierzig, der mit seinen nur von einzelnen grauen Strähnen durchzogenen pechschwarzen Haaren äußerlich ziemlich genau den Vorstellungen entsprach, die man hierzulande von einem Süditaliener hat. Auf seine Herkunft wiesen auch die Fotografien an den Wänden seines Büros hin, die allesamt südliche Gestade zeigten.

"Der Golf von Sorrent?" fragte Riepertinger.

"Sie kennen ihn?" fragte Pecchioli zurück.

"Ja, vor langer Zeit war ich einmal mit meiner Frau dort. Wir haben auf unserer Reise nach Sizilien einige Tage in Sorrent Station gemacht. Es ist wunderschön dort."

"Ja, das kann man wohl sagen."

"Kommen Sie von da?" fragte Werther.

"Ich bin Neapolitaner", sagte Pecchioli mit dem Anflug eines spöttischen Lächelns, als erwarte er nun die unvermeidliche Witzelei über die Camorra, an die er sich mittlerweile gewöhnt hatte.

"Und", fragte Werther lächelnd, "packt Sie da nicht manchmal das Heimweh?"

"Nicht jetzt im Sommer, aber im Winter schon. Aber offen gesagt: Ich mache lieber Geschäfte mit den Deutschen - ich meine die aus Deutschland und Norditalien - als mit meinen

Landsleuten. Ich habe auch lieber mit bayerischen als mit neapolitanischen Behörden zu tun. Und vor allem: Als Vater, der seine Töchter nicht - wie Sie so schön sagen - in den Glasschrank sperren möchte, schlafe ich in München besser als in Neapel."

Bei seinen letzten Worten deutete er auf das Familienfoto auf seinem Schreibtisch, das Pecchioli, seine Frau - eine verblühende und eine Spur herbe südliche Schönheit mit blondierten Haaren - und zwei hübsche Mädchen im Alter von vielleicht zwölf und vierzehn Jahren zeigte.

"Ja", bemerkte Riepertinger, "München ist wirklich eine sehr sichere Stadt, auch für deutsche Verhältnisse, was ein nicht zu unterschätzendes Plus an Lebensqualität bedeutet. Es ist einfach schön, sich in der U-Bahn ungezwungen unterhalten zu können, ohne ständig mit allergrößter Vorsicht seine Umgebung im Auge behalten zu müssen."

Pecchioli deutete mit beiden Händen auf die Beamten und sagte lächelnd: "Dank Ihrer Arbeit, meine Herren."

Auch wenn Pecchioli hier etwas dick auftrug, wurde es langsam ärgerlich. Sie suchten einen Mörder und trafen unentwegt auf sympathische und charmante Menschen.

"Nun ja", relativierte Riepertinger, "unsere Arbeit beginnt eher dann, wenn es sich gezeigt hat, dass es die vollkommene Sicherheit eben doch nicht geben kann."

"Sie sagten ja bereits: Mordkommission."

"Sie wissen, warum wir gekommen sind?"

"Meinolf Hessling?"

"Richtig."

"Ich habe es in der Zeitung gelesen."

"Und?"

"Es gibt sie anscheinend doch, die Gerechtigkeit Gottes."

'Das Schwert', durchzuckte es Werther, der einen schnellen Blick mit Riepertinger tauschte, der in diesem Moment wohl das Gleiche dachte. Allerdings: Würde ein religiös motivierter Täter, der sich als Arm Gottes verstand, derart mit der Tür ins Haus fallen?

"Sie meinen also", fragte Riepertinger lauernd, "Hessling habe die gerechte Strafe ereilt."

"Ja", entgegnete Pecchioli fest.

"Und Sie sprechen von dem rächenden Gott des Alten Testaments, nicht von dem verzeihenden des Neuen Testaments?" fragte Werther.

"Es gibt nur einen Gott", stellte Pecchioli klar, und Werther wollte als Agnostiker dieses Thema auch nicht vertiefen.

"Und warum kommen Sie in dieser Angelegenheit zu mir?" fragte Pecchioli, nachdem sie einige Sekunden geschwiegen hatten.

"Sie waren der Chef von Lena Sager."

"Ja, und?"

"Und Sie standen ihr sehr nahe."

"Wie kommen Sie darauf?"

"Sie waren zum Beispiel beim Prozess dabei."

"Natürlich war ich das. Wir sind eine kleine Firma, das heißt Frau Sager war eine von acht Mitarbeiterinnen und Mitarbeitern. Und ich habe immerhin zehn Jahre lang eng mit ihr zusammengearbeitet. Da fühlt man sich in einer solchen Situation schon betroffen."

"Das verstehen wir. Aber Sie haben schon vorher ihre Konzerte besucht."

"Warum denn nicht? Wenn sie in einer Band singt, die - wie sagen Sie doch - fetzige Musik macht."

"Klar", sagte Werther, "warum nicht? Was uns übrigens wundert: Lena Sager war eine ausgesprochen attraktive Frau, aber nirgends taucht ein Liebhaber oder Freund auf. Und wer der Vater ihres Kindes ist, weiß angeblich auch niemand."

Pecchioli zuckte mit den Schultern. "Ich auch nicht."

"Nach zehn Jahren in einer so kleinen Firma?"

"Konzerte besuchen ist eines, im Privatleben der Mitarbeiterinnen herumzuschnüffeln etwas Anderes."

Werther nickte. "Um es mit deutscher Offenheit zu sagen, die Sie ja so schätzen, wenn ich Ihre Worte richtig interpretiere: Wir suchen den Vater ihres Kindes, ganz einfach weil er ein Motiv hätte, genauso wie einige andere auch. Und wie Sie bestimmt wissen, gibt es eine ziemlich sichere Möglichkeit, ihn zu finden. Nur müssten wir dann die Totenruhe eines Kindes stören."

"Was allerdings nur dann Erfolg hätte, wenn der Vater keine Zufallsbekanntschaft gewesen wäre, wofür aber eigentlich alles spricht", gab Pecchioli zu bedenken, aber Riepertinger schüttelte den Kopf.

"Wir sind uns ziemlich sicher, dass er sich in ihrem persönlichen Umfeld bewegte."

"Tut mir leid, aber ich kann Ihnen da wirklich nicht weiterhelfen."

Werther blickte ihn an. "Wir sind fest davon überzeugt, dass der Vater Rücksicht auf sein totes Kind nehmen wird." Mit diesen Worten legte er Pecchioli seine Karte auf den Tisch. "Wir hören von Ihnen oder Sie von uns."

Dann standen sie auf, verabschiedeten sich per Handschlag von Pecchioli und gingen, nicht ohne sich am Empfang noch den Firmenprospekt aushändigen zu lassen, der auf Seite drei ein Foto des Firmeninhabers enthielt, auf dem dieser wirklich gut getroffen war.

13

Riepertinger fuhr nun den Lobgesängen auf seine Töchter entgegen, während Werther Sagers Haushälterin aufsuchte. Die Frau mit deutschen Wurzeln aus dem fernen Kasachstan, Werther schätzte sie auf Mitte vierzig, kam mit einem Staubtuch in der Hand an die Tür, schien also auch in den eigenen, natürlich bescheideneren vier Wänden fleißig bei der Arbeit zu sein. Sie reagierte entsetzt darauf, dass in Person Werthers die Polizei bei ihr auftauchte. "Wir hatten nie mit der Polizei zu tun", beteuerte sie, völlig aus der Fassung geraten, und Werther versuchte sie zu beruhigen, indem er ihr wahrheitsgemäß erklärte, dass eben auch manchmal unbescholtene Bürgerinnen wie sie als Zeuginnen gebraucht würden.

"Und worum geht es, Herr Kommissar?"

"Sie arbeiten doch bei Professor Sager?"

"Ja, was ist mit ihm?"

"Nichts. Reine Routine. Ich wollte Sie nur fragen, ob Sie diese Personen bei Professor Sager gesehen haben?" Mit diesen Worten legte er ihr zunächst das Foto von Pecchioli vor.

"Ja, der war bei Herrn Professor, ein sehr eleganter und kultivierter Herr. Sie glauben doch nicht, dass er bei der…?"

"Ich glaube gar nichts. Und was ist mit den Männern auf dem Foto?"

"Da ist ja auch Professor Sagers verstorbene Tochter."

Werther nickte. "Ja."

"Und die anderen sind die Jungs von der Band. Die waren öfter da. Der hier" - sie zeigte auf Brand - "ist ein ziemlicher Chaot ohne Manieren. Aber die anderen sind in Ordnung."

"Schön. Waren sie in letzter Zeit, also nach dem Tod von Lena Sager, bei dem Professor?"

"Ja, die beiden habe ich zuletzt vor zwei Wochen bei ihm gesehen." Mit diesen Worten deutete sie auf Stadler und Wegener.

"Danke", sagte er und lächelte, dann legte er das Phantombild auf den Tisch. "Und kennen Sie diese Frau?"

Sie betrachtete das Bild genau, und auch Werther tat dies und dachte unwillkürlich: 'So sieht also eine Auftragsmörderin aus.' Eine witzige Vorstellung.

"Nein", sagte die Haushälterin, "diese Frau habe ich nie bei ihm gesehen."

"Sicher?"

"Ganz sicher."

"Dann danke ich Ihnen herzlich für Ihre Hilfe."

"Aber was ist mit dem Professor? Hat er etwas verbrochen? Er ist doch ein so gütiger und vornehmer Mensch."

In ihrer aufgeregten Freundlichkeit, in ihrem ganzen Wesen lag ein devoter Zug. Er war sich sicher, dass sie ihren Professor tief verehrte, und sagte daher:

"Überhaupt nichts. Es ist reine Routine, wie ich bereits sagte." Er lächelte freundlich. "Sie brauchen sich überhaupt keine Sorgen zu machen."

Wirklich überzeugend schienen seine Worte nicht gewirkt zu haben, denn er ließ sie ratlos und verstört zurück. Aber was sollte man da machen?

Er rief die Weindorfer an, die ihm mitteilte, dass die Fotos wieder auf seinem Schreibtisch lägen, sie jedoch noch nichts Relevantes herausgefunden habe, was ihn nicht wunderte. Anschließend versuchte er Laura zu erreichen, ihr Handy war jedoch abgeschaltet, sie also nicht allein. Er sprach nichts auf die Mailbox. Was hätte er auch sagen sollen? 'Schön, dass du betreut wirst, denn ich habe ohnehin Arbeit ohne Ende und für dich keine Zeit.' Oder sollte er etwa mit einer Liebeserklärung in ihre Idylle brettern? Er konnte sich das sehr gut vorstellen, vielleicht morgen am Frühstückstisch: Albert hinter der Zeitung und sie hört ihre Mailbox mit seinen schmachtenden Worten ab.

Dann nahm er das Phantombild, betrachtete die Frau mit den schwarzen Haaren im Pagenschnitt und den sanften Gesichtszügen und sagte sich, dass er mit den Pensionen beginnen würde.

Er hatte das Gefühl, dass ihn diese Frau weiterbringen würde und dass es nun stringent vorwärts ging. Ja, er lief, die Kunde des Sieges zu überbringen, von Marathon nach Athen, gleichmäßig und stark auf sein Ziel zu, und er suchte keine zwei Stunden, bis er glaubte, bereits die Silhouette der griechischen Hauptstadt am Horizont zu sehen. Es war eine Pension mit dem schönen Namen Rosengarten, aus dem jedoch nicht auf einen solchen in der Häuserwüste der Maxvorstadt zu schließen war, sondern den man wohl dem Gebirgsstock gleichen Namens in den Dolomiten entlehnt hatte. Jedenfalls zierten den Eingangsbereich schöne Fotografien von Bergen, die er noch nicht bestiegen hatte. Die Wirtin sagte aus, die Frau auf dem Phantombild habe hier zwei Wochen gewohnt. Werther sah an der Rezeption eine Zeitung liegen, schlug sie auf und zeigte ihr das Foto von Hessling, das im Münchener Teil abgebildet war. Ja, sagte die Pensionswirtin, dieser Mann sei einmal hier gewesen und habe die Frau mit den schwarzen Haaren abgeholt. Ob sie Namen und Adresse der Frau habe. Aber natürlich habe sie die Personalien ihrer Gäste. Die Frau mit den schwarzen Haaren hieß Sandra Claassen und kam aus Ulm. Und abgereist war sie am Samstag, dem Mordtag, und zwar etwas plötzlich am frühen Nachmittag. Letzteres erschien Werther merkwürdig, es konnte aber auch auf den nahe liegenden Plan einer schnellen Flucht nach der Tat hindeuten. Er bedankte sich bei der Wirtin und ging an diesem milden Sommerabend zu Fuß nach Schwabing. Dort an der Leopoldstraße tobte das Leben, einmal mehr ohne ihn, aber das machte ihm nichts aus. Er war einfach nur müde, presste sich noch einen Orangensaft, trank ihn mit Blick auf die Bäume vor seinem Fenster, dachte noch einmal an Laura, die in den Armen des Anderen, so hoffte er, in Gedanken bei ihm, Werther, war, und ging zu Bett.

14

Am nächsten Morgen fuhr er mit dem Intercity um 7.39 Uhr nach Ulm. Sandra Claassen traf er nicht zu Hause an, erfuhr aber von einer Nachbarin, dass sie in der Nähe an einem Gymnasium unterrichtete. Er wollte keinen Wirbel veranstalten und wartete brav vor dem Lehrerzimmer auf die Pause. Ein älterer Kollege der Gesuchten hatte wohl eine Freistunde und bot Werther freundlich an einzutreten. Dann erschien Sandra Claassen, zusammen mit Kollegen, und beide, sie und Werther, fielen aus allen Wolken. Sandra Claassen war Ende dreißig, hatte fast schon herbe Gesichtszüge, denen die blonden Engelslocken die Schärfe nahmen, und mit der auf dem Phantombild Abgebildeten nicht die allergeringste Ähnlichkeit. Umso mehr überraschte sie die Mitteilung, dass sie sich in den letzten zwei Wochen in München aufgehalten haben sollte.

"Quatsch", sagte sie, "ich war hier und habe gearbeitet." Und das konnten auch ihre Kollegen im Lehrerzimmer bestätigen. Nun ja, es gab einen Zug um 5.24 Uhr ab München, der kurz vor sieben in Ulm war. Theoretisch hätte sie hin und her pendeln können, aber er hatte keine Lust, sich ihre Alibis für die Abende bestätigen zu lassen. Sie konnte unmöglich die Frau auf dem Phantombild sein.

Dann sagte er ihr, was Sache war. Die Begleiterin eines späteren Mordopfers habe sich unter ihrem Namen in einer Münchener Pension einquartiert. Und diese Frau habe so ausgesehen. Mit diesen Worten legte er das Phantombild auf den Tisch: "Kennen Sie die Frau?"

Sandra Claassen betrachtete das Bild eingehend und schüttelte den Kopf: "Nein, diese Frau habe ich nie gesehen."

"Möglicherweise doch", widersprach Werther, "die Frau auf dem Bild trägt höchstwahrscheinlich eine Perücke. Falls Sie sie vor langer Zeit einmal gesehen haben und sie damals einen ganz anderen Typ darstellte, können Sie sie nicht wiedererkennen. Ich meine, es gibt zwei Möglichkeiten: Schlecht für uns wäre, wenn sie Ihren Namen beispielsweise einfach aus dem Telefonbuch herausgesucht hätte. Es ist aber auch möglich, dass sie Sie kennt, flüchtig wohl nur, was eine ebenso grobe wie für uns höchst erfreuliche Unvorsichtigkeit ihrerseits wäre. Auszuschließen ist es nicht."

"Und was soll ich da tun?"

"Überlegen, wer in Frage käme. Mit welcher Frau haben Sie irgendwann einmal die Adressen getauscht und dann - da bin ich mir ganz sicher -

nie mehr oder zumindest schon lange nichts mehr von ihr gehört."

Er lächelte. "Das ist die Hausaufgabe für die Lehrerin."

"Oh, Sie haben Mutterwitz", lobte die Claassen, und Werther grinste.

"Aber was ist mit mir? Kommt da noch irgendetwas auf mich zu?"

"Nein, sicher nicht. Es geht ja nicht um Betrug, bei dem Ihnen irgendwelche Rechnungen ins Haus flattern. Es ist viel ernster. Eine Frau, die sich mit Ihrem Namen getarnt hat, hat möglicherweise einen Mord begangen. Aber das ist - so zynisch es auch klingt - nicht Ihr Problem." Er legte das Phantombild auf den Tisch. "Sie sind nicht die Frau auf diesem Bild, und Sie waren in den letzten zwei Wochen hier."

"Wann wurde der Mord begangen?"

"Am letzten Samstag zwischen sieben und elf."

"Da war ich zu Hause mit meinem Mann und meinen Kindern."

Werther schüttelte den Kopf: "Vergessen Sie's, aber helfen Sie mir."

"Ich werde tun, was ich kann, damit ich eine gute Note bekomme."

Er lächelte und sagte: "Ich danke Ihnen."

Am frühen Nachmittag war Werther wieder im Büro, berichtete von dem, was sich in Ulm zugetragen hatte, und erfuhr von Riepertinger, dass die Obduktion nichts wirklich Neues ergeben hatte. Die mögliche Todeszeit war auf die Zeitspanne zwischen 20 und 23 Uhr begrenzt worden. Sie konnten also nach wie vor davon ausgehen, dass Hessling in der Dämmerung zwischen neun und zehn ermordet worden war. Niedergeschlagen wurde Hessling mit einem stumpfen Gegenstand, einem Baseballschläger beispielsweise oder auch einem flachen Stein. Und das Schwert stammte, auch das überraschte nicht, tatsächlich von einem Tattoo-Aufkleber.

„Und was hat die Weindorfer herausgefunden?"

„Dass es diesen Aufkleber in mehreren Geschäften zu kaufen gibt, ohne dass man sich an einen Käufer erinnern, geschweige denn ihn mit den Fotos der Verdächtigen in Verbindung bringen konnte."

„Das war nicht anders zu erwarten."

„Die Suche im Internet, sagt sie, sei eine Sisyphos-Arbeit, auch weil man sich bei den meisten Anbietern erst einmal registrieren lassen müsse, bevor man sich das Tottoo-Sortiment überhaupt anschauen könne. Da es ohnehin äußerst unwahrscheinlich ist, dass der Täter die Tattoos unter Angabe von Name und Adresse im Internet bestellt hat, befürchte ich, dass wir der armen Frau eher eine Beschäftigungstherapie verordnet haben."

„Geklärt werden muss es."

„Andererseits habe ich das Gefühl, dass wir das Schwert vernachlässigen."

„Das glaube ich überhaupt nicht. Wieso sollten wir einen anonymen Täter suchen, wenn wir eine Fußballmannschaft von Verdächtigen mit klaren Motiven haben. Und vergiss nicht die Reise von Brand und Stadler, die darauf hindeutet, dass sie vom Mord wussten. Außerdem: Ein Tattoo aufkleben kann jeder, sei es, um seine Motive zu verschleiern, oder sei es, um seine Rache religiös zu verklären."

„Also Pecchioli?"

„Ich glaube nicht, dass er uns dann seine religiösen Motive auf dem Präsentierteller serviert hätte. Das macht ihn schon fast wieder unverdächtig."

"Oder er ist besonders gerissen."

"Möglich. Oder nehmen wir den friedlichen und harmlosen Professor, den einsamen alten Mann am Stock. Er lässt durch eine Auftragsmörderin den Unfalltod der Tochter rächen und verschanzt sich hinter einem Religionsfanatiker. Oder er ist tiefreligiös und sieht sich als Arm Gottes, was wiederum schwer vorstellbar ist."

"Spekulationen."

"Richtig. Tatsache ist, dass wir mit der falschen Sandra Claassen eine Spur haben, so breit wie eine Autobahn."

„Das heißt, wir geben die Fahndung raus."

Werther schüttelte mit skeptischem Gesichtsausdruck den Kopf und sagte: „Ich schlage vor, dass wir der echten Sandra Claassen noch etwas Zeit geben und zumindest bis morgen warten. Vielleicht fällt ihr ja noch etwas ein."

„In Ordnung. Und was machen wir bis dahin?"

"Ich weiß nicht, was du machst. Ich jedenfalls werde meinen geistigen Horizont erweitern, indem ich einmal nachlese, über welche Themen unser Prof so geschrieben hat."

"Viel Spaß dabei."

"Danke."

Werther ging ins Internet und fand keinerlei religiöse Elemente im Werk des Professors. Er war wie viele vor und sicher auch nach ihm zu der Erkenntnis gekommen, dass die Menschen weiser miteinander umgehen sollten, und war dann der Frage nachgegangen, wieso sie es nicht taten. Er fand die Aussagen des Professors sympathisch, aber nicht außergewöhnlich und teilte dies alles schließlich Riepertinger mit. Dann sagte er: "Ich schlage vor, dass wir jetzt den Namen des Vaters aus diesem guten Menschen herausquetschen und uns anschließend noch mal den Bruder vornehmen."

Riepertinger war einverstanden.

15

"Sie schon wieder?" sagte Sager mäßig erfreut zur Begrüßung.

"Was dachten Sie denn?" entgegnete Werther. "Der Herr hier ist übrigens mein Kollege Riepertinger, und ich wollte ihm die Fotos zeigen."

"Welche Fotos?" fragte Sager, aber da waren Werther und Riepertinger schon an ihm vorbei in die Wohnung getreten, wo Werther auf eines der drei Fotos an der Wand deutete.

"Das dunkelhaarige Mädchen hier", sagte er zu Riepertinger, "ist die Enkelin des Herrn Professor. Und die Dame mit den mahagonirot gefärbten Haaren ist seine Tochter. Welche Naturfarbe hatten die Haare Ihrer Tochter eigentlich, Herr Professor?"

"Dunkelblond."

"Da muss man unwillkürlich an Pecchioli denken. War er der Vater?"

"Ich habe keine Ahnung."

"Erzählen Sie uns keine Märchen. Sie hatten doch Umgang mit Ihrer Enkeltochter."

Der Professor schwieg.

"Da behaupten Sie, dass Sie nicht wissen, wer der Vater ist."

"Wieso ist denn das so wichtig für Sie? Glauben Sie, dass der Vater der Kleinen…?"

"Wir glauben gar nichts, wir ermitteln. Ist der Nachlass Ihrer Tochter hier?"

"Ja, ein paar Sachen sind hier. Aber dürfen Sie…?"

"Wir können den bürokratischen Weg einschlagen", unterbrach ihn Werther kalt, "und eine Hausdurchsuchung beantragen. Die bekommen wir sicher. Da stellen bei Ihnen dann zehn Mann alles auf den Kopf. Oder Sie zeigen uns die Sachen jetzt."

Es waren zwei Kisten und zwei große Kartons, die sich auf dem Dachboden befanden. Die Kisten und ein Karton enthielten Stoff für unermessliche Trauer: Spielzeug, Puppen, Stofftiere, neue, die sicher Lena Sagers Tochter, und alte, die einst Lena selbst gehört hatten. Sie fanden auch Video-Kassetten, laut Beschriftung mit Aufnahmen von Auftritten der Gruppe Woyzeck, die Werther an sich nahm.

In dem Karton lagen lose Fotos, die Lena in den verschiedensten Lebensabschnitten zeigten. Sie fanden nur ein einziges Fotoalbum, wobei es natürlich möglich war, dass der Professor weitere Alben an anderer Stelle aufbewahrte. In diesem Album sah Werther sorgfältig eingeklebte und beschriftete Photographien, die die Beziehung von Lena und Wegener dokumentierten. Also in erster Linie Fotos aus den achtziger Jahren, die junge Lena und der junge Wegener auf der Bühne und in südlichen Gefilden, an Stränden und vor weißen Häusern, Händchen haltend, sich küssend, lachend. Und auch Fotos aus jüngerer Zeit gab es, die beide miteinander zeigten, wie sie sich freundschaftlich umarmten. Auf anderen war

Wegener alleine abgebildet, auf neueren Fotos fast genauso, wie er auch jetzt noch leibte und lebte, und ja, man konnte ihn auch zusammen mit Lenas Tochter sehen, die mit ihm freilich nicht die allergeringste Ähnlichkeit hatte. Soviel zu ihrer Beziehung mit Wegener, die, dachte Werther, letztendlich der Todesfahrer Meinolf Hessling beendet hatte.

Dann hielten sie Schulzeugnisse und Auszeichnungen in Händen, die Lena, einer guten Leichtathletin, in längst vergangener Zeit verliehen worden waren. Und sie fanden Briefe, darunter richtige Fanpost, die die Sängerin der Gruppe Woyzeck erhalten hatte.

Im zweiten Karton jedoch befand sich das, was sie suchten. Es war ein Ordner mit Überweisungen, aus denen hervorging, das Lena Sager für ihre Tochter knapp 300 Euro Unterhalt monatlich vom Jugendamt überwiesen worden waren, von Pecchiolis Firma hingegen als Gehalt stolze 2300 Euro, netto. Das war aufschlussreich. Sie gingen wieder nach unten und Riepertinger fragte den Professor:

"Ihre Tochter hat halbtags gearbeitet."

"Ja, nur am Vormittag, ich glaube, 25 Stunden pro Woche. Sie musste sich ja auch um ihr Kind kümmern."

"Natürlich", sagte Werther und meinte dann zu Riepertinger, "sie haben also das Jugendamt beschissen. Sie hat halbtags gearbeitet, wurde aber von Pecchioli wie eine Vollzeitkraft bezahlt.

So hat er ihr den großzügig bemessenen Unterhalt zukommen lassen."

"Es ging ihnen ganz sicher nicht um Betrug", widersprach Sager.

"Wohl nicht", entgegnete Werther, "alles musste geheim bleiben, denn Pecchiolis Frau war eifersüchtig und streng katholisch und hätte sonst das Schwert Gottes geschwungen."

Der Professor zeigte keine Regung und sagte: "Ja, so wird es wohl gewesen sein."

"Dann danken wir Ihnen für Ihre Kooperation", sagte Riepertinger, auch Werther nickte, und die beiden Beamten gingen.

"Auf das Schwert Gottes hat er nicht reagiert", bemerkte Werther, um sich zu vergewissern.

"Nein, überhaupt nicht", bestätigte Riepertinger.

Sie kamen darin überein, dass es nach der eingehenden Durchsuchung von Lena Sagers Nachlass zu spät für ein weiteres Verhör von Hesslings Bruder geworden war, dass sie aber auf alle Fälle noch einmal im Präsidium vorbeischauen würden, um zu sehen, ob Nachricht von Sandra Claassen gekommen war.

Auf der Fahrt dorthin sagte sich Werther, dass man alle lieb gewonnenen Klischees über Italiener über den Haufen werfen könne. Was hatte man doch für romantische Vorstellungen von den südlichen Nachbarn jenseits Österreichs.

Sie liebten Mamas Pasta, busselten unentwegt ihre Bambini ab, die nicht laut genug sein konnten, hatten die Mafia am Hals, falls sie ihr nicht direkt dienten, waren unfähig zu jeglicher Planung, rissen es aber mit ihrem südlichen Improvisationstalent immer wieder heraus, ganz im Gegensatz zu den Deutschen, die penibel planten, aber hilflos und wie der berühmte Ochs vorm Berg dastanden, wenn einmal etwas Unvorhergesehenes passierte. Man konnte diese Klischees doch vergessen. Italienerinnen und Italiener waren einfach polygam und gierig, ein Partner genügte ihnen nicht, es mussten derer zwei sein, wobei Pecchioli zumindest noch beichten ging, damit ihn das Schwert Gottes nicht durchbohrte. Dann dachte Werther laut:

"Sag's mir, wenn ich mit Klischees nerve. Aber ein Mann wie Pecchioli, der seine Geliebte sorgfältig planend in sein Leben integriert - wenn jemand seine Geliebte und vor allem die geliebte Tochter tötet, und zwar auf eine Weise, die er als Mord interpretiert, ich meine, ein Geschäftsmann wie Pecchioli mit Verbindungen in die alte Heimat, geht der nicht einfach bei allem Schmerz nüchtern planend vor und setzt auf Hessling einen Killer an."

"Möglich", sagte Riepertinger.

'Oder eine Auftragsmörderin mit sanften Gesichtszügen', dachte Werther. Nein, rund war das nicht und Athen noch längst nicht in Sicht.

Im Präsidium jedoch lag es, das fünfseitige Fax aus Ulm. Die Lehrerin war fleißig gewesen. Sie glaubte ebenso wenig wie Werther und Riepertinger, dass jemand aus ihrem näheren Umfeld so blöd wäre, bei der Durchführung eines Verbrechens ihren Namen zu benutzen. Sie war jedoch in den letzten Jahren in Sachen Weiterbildung aktiv gewesen und hatte vor allem Sprachkurse besucht, um als Englisch- und Französischlehrerin auf dem Laufenden zu bleiben. Bei solchen Gelegenheiten waren regelmäßig Adressen ausgetauscht worden, und die entsprechenden Listen hatte sie ihnen nun zugesandt. Sie schrieb, es sei ihr fast immer gelungen, die Namen auf den Listen mit den dazugehörigen Menschen und Gesichtern zu verbinden, und so habe sie die Namen und Adressen der Frauen angekreuzt, die vom Alter her in Frage kämen. Die Frau auf dem Phantombild sei allerdings in ihren Erinnerungen nicht aufgetaucht, was jedoch, wie der Kommissar überzeugend dargelegt habe, nichts heißen müsse.

Die betreffenden Frauen kamen aus Worms, Freiburg, Mannheim, Lübeck, Jeßnitz in Sachsen-Anhalt, Konstanz, Aalen, Willingen im Sauerland, Saarbrücken und Gießen.

"Wir sollten nach dem Strohhalm greifen", sagte Werther.

"Natürlich", entgegnete Riepertinger, "wir schicken den Kollegen vor Ort das Foto und bitten um Amtshilfe. Gleich morgen früh, denn heute dürfte es wohl zu spät sein."

Auch das stimmte. Es war bereits kurz vor acht, und Werther sendete nur noch ein Fax mit den Worten "Herzlichen Dank" nach Ulm. Dann verließen sie das Büro.

16

Wie schön waren doch die Sommerabende in diesem sich neigenden Juli, dachte Werther, als er nach Hause ging. Er sah die Menschen, die vor den Cafés und Restaurants im Freien saßen, die Frauen mit ihren nackten Schultern, Armen und Beinen, und es überkam ihn ein Gefühl der Sinnlichkeit und Melancholie zugleich. Er fragte sich nun wirklich, warum es ausgerechnet sie sein musste, wo doch alles so kompliziert und letztendlich auch perspektivlos war. Und er fragte sich, wie er es aushielt, dass sie bei dem anderen war, und kam zu dem simplen Schluss, dass er es eigentlich nicht aushielt.

Dabei konnte er ihr nicht den geringsten Vorwurf machen. Es war nicht dieser erbärmliche Versuch, Sicherheit mit Abenteuer zu verbinden, mit dem sehr oft Männer unzähligen Frauen zur ebenso erbärmlichen Geliebten-Existenz verhalfen, wenn sie mit der Souveränität und Gelassenheit, die die emotionale Sicherheit einer festen, wenn auch nicht mehr ganz so prickelnden Beziehung verlieh, auf die Suche nach einer Nebenfrau gingen, immer peinlichst darauf bedacht, die heimische Idylle durch die romantisch-sinnlichen Eskapaden nur ja nicht zu gefährden. Und zu Werthers Leidwesen - ja, das konnte man so sagen - war es auch nicht so, dass

Lauras Beziehung zerrüttet am Boden lag und er, der Neue, ihr lediglich den Gnadenstoß versetzte. Nein, Laura hatte nichts gebraucht und niemanden gesucht und ihn doch gefunden. Aber wie dem auch sein mochte. Es musste eine Lösung her, so oder so.

Diesen Gedanken gab er sich hin, während er vom Odeonsplatz durch den Hofgarten und südlichen Englischen Garten nach Schwabing gelangte, wo er unweit des Nikolaiplatzes die drei Stockwerke hinauf zu seiner Wohnung stieg.

Dort saß sie vor seiner Tür auf der Treppe, mit nackten Schultern, Armen und Beinen, blickte von ihrem Reclam-Bändchen auf und lächelte ihn an.

"Wartest du schon lange?" fragte er.

"Nicht der Rede wert."

Er schloss auf, und sie betraten die Wohnung, wo er ihr endgültig und gegen ihren anfänglichen Widerstand seinen Zweitschlüssel aushändigte, da es heute leicht hätte später werden können und es bei ihm in seinem Job immer und jederzeit später werden konnte. Er presste für sie und sich ein Glas Orangensaft, den sie dann mit Blick auf die grünen, dicht belaubten Bäume vor seinem Fenster tranken. Sie standen dabei nebeneinander, und er hatte seinen Arm und ihre Taille gelegt. Dann küssten sie sich, erst zärtlich, neckisch, spielerisch, dann immer leidenschaftlicher, schälten sich aus ihren Kleidern, bis er sie schließlich, nackt wie sie nun war, ins

Schlafzimmer trug, sanft auf sein Bett gleiten ließ und sie lieben wollte, da aber begann sie plötzlich zu weinen, schlang hemmungslos und verzweifelt schluchzend die Arme um seinen Hals und flüsterte ihm immer wieder flehentlich ins Ohr: "Verzeih mir, bitte verzeih mir." Er sagte nicht das, was er eigentlich sagen wollte, dass es nichts zu verzeihen gab, sondern hielt sie nur in seinen Armen, streichelte und küsste sie sanft. So lagen sie eine Ewigkeit, sich auf eine wundervoll zärtliche Weise spürend, einfach nur nebeneinander, und erst als sie sich müde gekuschelt hatten, da ergriff plötzlich sie die Initiative, weckte ihn wieder, indem sie sich nach unten schlängelte und ihn dort in den Zustand vollkommener Glückseligkeit versetzte, auf eine Weise, die wundervoll und letztendlich doch ziemlich simpel war.

Sie schliefen aneinandergeschmiegt, als kurz nach Mitternacht das Telefon klingelte. Da es nicht mehr aufhörte, wankte Werther schlaftrunken ins Wohnzimmer und ging an den Apparat.

"Bist du wahnsinnig?" fragte er, als er Riepertingers Stimme hörte.

"Ich habe sie", entgegnete der.

"Wen hast du? Und wo bist?"

"Im Internet."

Werther gähnte.

"Erinnerst du dich noch an die Städte auf der Liste?"

"Kaum."

"Konstanz."

"Was heißt das?"

"Ich war schon im Bett, da fiel es mir ein."

'Da wärst du besser geblieben', dachte Werther.

"Also was fiel dir ein? Mach's nicht so spannend!"

"Der Unfall, von dem in der Zeitung berichtet wurde. Zwei junge Türken hatten sich in der Stadt ein Wettrennen geliefert und waren dabei mit 100 bei Rot über die Kreuzung gerast. Einer erfasste einen Passanten, einen jungen Familienvater, der vor den Augen von Frau und Kind getötet wurde."

"Und die junge Witwe ist die Frau, die wir suchen?"

"Das wäre doch sehr gut möglich, oder?"

"Sehr hypothetisch", bemerkte Werther lakonisch, aber Riepertinger ließ sich nicht bremsen.

"Glaubst du etwa an Zufälle? Ich sage dir, in unserem Beruf wäre es schon ein unglaublich großer Zufall, wenn ein Zufall tatsächlich ein Zufall wäre."

"Das ist mir im Moment zu hoch", beteuerte Werther wahrheitsgemäß, "also morgen Konstanz?"

"Morgen fährt zumindest einer von uns an den schönen Bodensee."

"Ich habe dich verstanden, alter Hooligan. Gute Nacht."

"Dir auch."

Werther ging zurück ins Schlafzimmer.

"Was ist los?" fragte Laura. "Musst du weg?"

"Glücklicherweise noch nicht", sagte Werther. "Es zeigt sich wieder einmal, wie gerecht doch das Leben ist. Nachdem wir am Sonntag nicht den Chiemsee umrunden konnten, darf ich morgen an den Bodensee fahren, weil ich ein junger, aufstrebender Single bin. Mein Kollege ist Familienvater und muss daher in München bleiben."

"Ach so ist das. Und was machst du am Bodensee?"

"Ich suche eine Frau", antwortete er grinsend, "eine schöne junge Frau mit pechschwarzen Haaren."

"Oh, du bist ja ein ganz Schlimmer. Hast immer nur Frauen im Kopf."

"Ja, was denn sonst?"

"Du kleiner Schwerenöter", hauchte sie und küsste ihn.

Müßig zu sagen, dass sie, da sie nun einmal geweckt waren, ihren romantischen Gefühlen freien Lauf ließen und dass Werther am nächsten Tag nach Konstanz fuhr.

17

Er nahm den Zug, den er bequemer fand. Im Gepäck hatte er eine schwarze Perücke, die Riepertinger noch aufgetrieben und ihm mitgegeben hatte. Ja, Riepertinger war wirklich fleißig gewesen.

Er hatte bereits am Morgen mit den Konstanzer Kollegen telefoniert und herausgefunden, dass Verena Sandner, die vor drei Jahren gemeinsam mit der Ulmer Lehrerin Sandra Claassen einen Französischkurs in Avignon besucht hatte, tatsächlich die Witwe des Konstanzer Unfallopfers war und der Todesfahrer gerade eine vierzehnmonatige Gefängnisstrafe absaß und bei guter Führung im Dezember mit seiner Entlassung rechnen konnte. So kam es, dass sich Werther, als der Zug zunächst durch das Allgäu und später am Ufer des Sees entlang fuhr, trotz aller nächtlichen Zweifel sicher war, dass er die Vororte von Athen bereits erreicht hatte.

Am frühen Nachmittag kam er an und wurde von seinem Konstanzer Kollegen Ulrich Rademacher abgeholt. Rademacher war in Werthers Alter, groß, schlank, blond, ein wenig forsch und hatte etwas von einem Stutzer. Sonst war er nicht uneben. Er teilte Werther direkt, ungefragt und mit sichtlicher Freude mit, dass die Alte, seine Vorgesetzte, zurzeit auf einem

Weiterbildungsseminar irgendwo in Ostdeutschland weilte und leuchtete damit in die Abgründe eines für Werther gänzlich ungewohnten Arbeitsklimas, denn Werther selbst weinte immer, wenn Riepertinger einmal nicht da war.

Bevor sie Verena Sandner aufsuchten, klärte Werther Rademacher über den Stand der Ermittlungen auf.

Der blieb skeptisch. "Also gut", bemerkte er nachdenklich, "du begehst meinen Mord und ich deinen. Verena Sandner ermordet diesen Hessling und Anfang nächsten Jahres einer der Freunde der Sängerin Kerem Uzaroglu. So heißt nämlich dieses Arschloch, das den armen Menschen, der bei Grün über die Straße ging, ungebremst anfuhr, zwanzig Meter durch die Luft schleuderte und ins Jenseits beförderte. Einigermaßen plausibel, wenn keine Verbindungen nachweisbar sind. Vordergründig betrachtet gibt es dann keine Mordmotive, die Verdächtigen haben Alibis, und solange niemand auf frischer Tat ertappt wird, könnte alles gut gehen. Trotzdem: Beide Opfer wären Todesfahrer, beide Fälle haben viel Staub aufgewirbelt. Es müsste doch klar sein, dass da die Gefahr besteht, dass wir beide sehr schnell zusammenkommen. Ich meine, ich bringe Ihre Ex-Frau um oder von mir aus auch deren Todesfahrer, Sie meine Erbtante, wir kennen uns nicht, dann können immer noch tausend Dinge schief laufen, wir hätten jedoch eine realistische Chance. Aber so?"

"Möglicherweise war ein größerer zeitlicher Abstand eingeplant."

"Möglicherweise. Und wie sollen die überhaupt zusammen gekommen sein, Verena Sandner und Ihr Professor oder einer von den anderen?"

"Es gibt Internetforen, in denen sich Hinterbliebene austauschen und sich gegenseitig Trost spenden können."

Rademacher nickte. "Nun ja. Wir werden sehen."

Und als sie dann Verena Sandner aufsuchten, eine recht hübsche und dennoch in gewisser Weise unscheinbare Frau Anfang dreißig mit sanften Gesichtszügen und mittellangen braunen Haaren, die mit ihrer fünfjährigen Tochter unweit des Bahnhofs wohnte, da sahen sie, und zwar in aller Deutlichkeit, wie die Verdächtigte zusammenzuckte, als sie Werther erbarmungslos mit dem freundlichsten Lächeln mit dem Namen Sandra Claassen konfrontierte.

Nein, eine Sandra Claassen kenne sie nicht.

Aber einen Sprachkurs in Avignon habe sie doch besucht.

Ja, das habe sie.

Gemeinsam mit Sandra Claassen.

Aber sie könne sich doch unmöglich an die Namen jeder einzelnen Teilnehmerin eines Sprachkurses erinnern, den sie vor Jahren besucht habe.

"Natürlich nicht", sagte Werther und lächelte.

Dann nahm er die Perücke aus der Tasche und sah, wie sie erbleichte.

'Amateure', dachte Werther, 'lächerliche, blutige Amateure, die einem fast schon leidtun konnten.'

"Wären Sie so freundlich, sie einmal aufzusetzen."

"Wenn Sie es unbedingt wünschen."

Verena Sandners Tochter hatte auf dem Teppich mit einer Unzahl von Stofftieren gespielt und beobachtete nun interessiert und zugleich ein wenig ängstlich die Männer, die mit ihrer Mutter sprachen.

"Nein, Mami, das sieht nicht schön aus", rief die Kleine, als ihre Mutter Werthers höflicher Aufforderung nachgekommen war.

'Darüber könnte man streiten', dachte Werther. Tatsache war, dass Verena Sandner nun genauso aussah wie die Frau auf dem Phantombild.

Rademacher ging nun in die Hocke und fragte das Kind nach seinem Namen und denen der Kuscheltiere. Und nachdem das Kind ihm nach einigem Zögern nicht nur die Namen genannt, sondern er auch Wissenswertes aus dem Leben der verschiedenen Tiere erfahren hatte, da fragte er, ob es bei der Oma schön gewesen sei.

Aber nein, war der Mann dumm, sie war doch nicht bei der Oma gewesen, sondern bei Tante Silvia.

Wie lange denn?

Oh, ganz schön lange.

Ohne die Mama?

Werther sah, wie Verena Sandner Tränen in die Augen schossen, und es wurde ihm flau in der Magengegend. Ja, Rademacher war ein Guter und stellte die Fragen, die gestellt werden mussten. Alles war normal, selbstverständlich und nahe liegend. Sie spielten Schach und kegelten kühl überlegend eine Figur des Gegners nach der anderen vom Feld und er, Werther, lief durch das große Athen, stark und unaufhaltsam wie eine Maschine, der Akropolis entgegen.

Aber verdammt noch mal, warum machten sie das eigentlich? Das Arschloch Hessling lag drei Meter unter der Erde, da, wo er hingehörte, und wenn sich der andere Arsch nächstes Jahr hinzugesellte, konnte es ihm doch nur recht sein.

Die Kleine jedoch sagte altklug, wie Kinder in diesem Alter nun einmal sind: "Meine Mami war im Urlaub, denn auch meine Mami möchte einmal allein in Urlaub fahren."

"Klar", sagte Rademacher, "und wo war die Mami denn?"

"Auf Mallorca."

"Und jetzt bist du aber froh, dass die Mami wieder da ist?"

"Ja, sehr", sagte die Kleine, und Rademacher wandte den Blick zu Werther und lächelte bitter.

Dann streckte er die Hand aus und sagte: "Die Fotos."

Werther gab sie ihm, und Rademacher breitete sie vor der Kleinen auf dem Teppich aus. Sie zeigten Pecchioli, Sager, Wegener, Brand und Stadler.

"Hast du einen dieser Onkel einmal hier gesehen?"

Auch Werther ging nun in die Hocke, und das Mädchen blickte zweifelnd von einem Mann zum anderen, schließlich schaute es auf die Fotos.

"Das sind keine Onkel, das sind Männer", sagte die Kleine. Dann zeigte sie auf Sager: "Der Mann war hier", rief sie erfreut. Dann nahm sie einen kleinen Pinguin vom Boden und hielt ihn Rademacher entgegen. "Den hat er mir geschenkt."

"Ja, der ist sehr schön", sagte Rademacher und lächelte müde, Werther jedoch erhob sich und sagte zu Verena Sandner: "Wir müssen Sie leider festnehmen und nach München bringen, wo Sie Zeugen gegenübergestellt werden."

"Und warum?"

"Weil Sie sich unter falschem Namen in München in einer Pension einquartiert und den Unternehmer Meinolf Hessling getroffen haben, der, wie Sie wissen, am letzten Samstag ermordet wurde."

"Und was habe ich damit zu tun?"

"Das wird zu klären sein."

"Ja", sagte sie tonlos, fragte aber Sekunden später mit fester Stimme: "Darf ich telefonieren?"

"Mit Ihrem Anwalt?"

"Nein, mit einer Freundin, die sich um meine Tochter kümmern muss."

Werther lächelte und sagte: "Natürlich."

"Danke", entgegnete sie und lächelte nicht.

Die glücklicherweise nur kurze Zeit bis zum Eintreffen der Freundin, jener Tante Silvia, gab Werther nach der wundervollen Liebesnacht mit Laura die Möglichkeit, einmal Gefühle vom anderen Ende der Skala auszuloten. Die Kleine, die etwas zu ahnen schien, spielte ohne aufzublicken wie mechanisch mit ihren Tieren und sprach mit ihnen auch einige Worte, die unwirklich klangen. Ihre Mutter suchte, von den Beamten so dezent wie möglich beobachtet, ein paar Sachen zusammen, und Rademacher und Werther warfen sich Blicke zu, in denen stand, dass sie sich niederträchtig vorkamen oder zumindest ihren Job zum Kotzen fanden.

Nachdem die Freundin endlich erschienen war, geschah etwas, was Werther maßlos überraschte. Es war die Art, wie sich Verena Sandner, eine Frau, deren Gefühle und Gedanken man in ihrem Gesicht lesen konnte wie in einem offenen Buch, von ihrer Tochter verabschiedete. Sie vergoss keine Tränen, sondern war ruhig und gefasst. Und als sie ihrer Tochter dann sagte, dass Mami bald zurückkehren werde, da klangen ihre Worte nicht im geringsten wie eine tröstende Lüge, sondern sie waren so voller Zuversicht, dass nicht der geringste Zweifel daran bestand, dass sie wirklich glaubte, was sie sagte, es sei denn, sie war eine wirklich begnadete Schauspielerin, die mit dem Namen Sandra Claassen und der Perücke auf dem falschen Fuß erwischt worden war, jetzt aber zu höchster Form auflief.

Sie nahmen Verena Sandner mit aufs Kommissariat, wo sie das zugab, was nicht mehr zu leugnen war. Ja, sie habe Professor Sager getroffen, einen liebenswerten Menschen übrigens, den sie im Internet kennen gelernt hatte. Mit Menschen mit ähnlichem Schicksal zu sprechen, sei, wenn man so wolle, Teil der Therapie, um über den Verlust eines geliebten Menschen hinwegzukommen.

Dagegen war nun wirklich nichts einzuwenden.

"Und mit Sager haben Sie sich so gut verstanden, dass er sie dann auch besucht hat", sagte Werther.

"Ja", entgegnete sie, "sein Besuch hat mir sehr geholfen."

"Das ist tröstlich und schön, aber warum haben Sie dann Hessling getroffen?"

"Ich wollte ihn kennen lernen, um einmal zu sehen, wie so einer tickt."

"Auch das ist nachvollziehbar, denn schließlich sitzt der Täter, der Ihren Mann auf dem Gewissen hat, ja noch im Gefängnis."

"Außerdem kennt er mich vom Prozess und wäre mir nie unvoreingenommen gegenübergetreten."

"Natürlich. Aber Sie waren zwei Wochen in München und haben sich sehr eingehend mit Ihrem Studienobjekt Hessling beschäftigt."

"Ja, wie das Leben manchmal so spielt, wir haben - trotz alledem - Sympathie füreinander entwickelt."

"Sie wollen damit sagen, dass Sie und Hessling sich ineinander verliebt haben."

"Es ging ein wenig in diese Richtung."

Werther wandte sich nun an Rademacher und fragte: "Sind wir eigentlich blöd?"

"Eine gute Frage", lobte Rademacher und grinste.

"Ich stelle sie", entgegnete Werther kalt und deutete, zu Rademacher gewandt, mit dem Zeigefinger auf Verena Sandner, "weil sie uns offensichtlich für blöd hält."

"Das nehme ich doch nicht persönlich", beschwichtigte Rademacher, "sie hat eine süße kleine Tochter und ist einfach geübt im Märchenerzählen."

Sogar Verena Sandner musste schmunzeln. Zum ersten Mal in ihrem Leben musste sie ein Polizeiverhör über sich ergehen lassen, es ging um Mord, aber die beiden waren wirklich recht unterhaltsam.

"Sie wollen uns doch nicht erzählen", wandte sich Werther und nun wieder an sie, "dass sich eine Frau wie Sie in einen Langweiler und Stinkstiefel wie Hessling verliebt."

"Hessling war ein weltgewandter Unternehmer", widersprach sie, "der eine Frau durchaus für sich einnehmen konnte. Und außerdem: Was wissen Sie, Herr Kommissar, von der weiblichen Psyche?"

"Ich finde, jetzt trägt sie zu dick auf", bemerkte Werther zu Rademacher.

"In der Tat."

"Und die schwarze Perücke haben Sie aufgesetzt, weil sie einem tollen Mann wie Hessling gegenüber auf gar keinen Fall bieder wirken wollten?"

"Möglicherweise."

"Und warum haben Sie sich dann unter falschem Namen einquartiert?"

Verena Sandner schwieg, so dass Werther schließlich seine Frage selbst beantwortete.

"Ich sage es Ihnen. Weil sie ihn liebten und noch immer lieben, Ihren Mann, mit dem Sie mit Ihrer kleinen Tochter weiter glücklich sein wollten, der nun aber tot ist, wegen so einem rücksichtslosen Arschloch, der dafür mit satten vierzehn Monaten bestraft wurde."

Werther war bei den letzten Worten aufgesprungen und brüllte sie ihr entgegen, dann fügte er bitter lächelnd hinzu:

"Ja, ja, das Leben ist ungerecht. Aber das wollten Sie nicht akzeptierten, und wer könnte das nicht verstehen? Und Recht haben Sie. Sager ging es genauso. Hessling musste nicht einmal ins Gefängnis, auch nicht für schlappe vierzehn Monate. Und Sager wollte auch nicht akzeptieren, dass die Welt ungerecht ist, nicht in diesem Falle, denn jeder, jeder, jeder wäre bereit gewesen, Hessling zu ermorden: Wegener, Brand, Stadler, Pecchioli. Aber jeder wusste auch, dass dies den Freifahrtschein ins Gefängnis bedeuten würde, denn wenn man ein Motiv hatte, kam man nicht durch. Aber der Professor Superklug hatte die geniale Idee. Sie, Verena Sandner, ermorden Hessling und später bläst einer von uns diesem… wie heißt er noch einmal?"

"Kerem Uzaroglu", antwortete Rademacher.

"Danke - das Lebenslicht aus."

"Sie haben viel Phantasie, Herr Kommissar."

"Ich zähle eins und eins zusammen."

"Ich hatte nie den Plan, Hessling zu ermorden. Es war vielmehr genau so, wie ich es Ihnen gesagt habe."

"Gut. Wann haben Sie Hessling zum letzten Mal gesehen?"

"Am letzten Samstag, mittags."

"Und dann?"

"Bin ich zurück nach Konstanz gefahren."

"Warum?"

"Weil Sie gar nicht so Unrecht haben, Herr Kommissar. Hessling hat sich tatsächlich zuletzt als ein ziemlich egoistischer Spießer erwiesen."

"Er hat die in Aussicht gestellten erotischen Erlebnisse eingefordert, mit denen Sie ihn hinhielten, bis der richtige Moment gekommen war."

"Wenn Sie damit sagen wollen, dass er aufdringlich wurde, haben Sie Recht. Aufdringlich mit sehr unappetitlichen Wünschen."

"Inspiriert durch Ihre schwarze Perücke im Pagenschnitt."

"Ich sehe, Sie kennen sich aus, Herr Kommissar."

Werther lachte auf. "Sie sind witzig, und das in Ihrer Lage. Aber es ist völlig unnötig, weiter in die Abgründe Ihrer bis zum Abwinken romantischen Beziehung mit Meinolf Hessling zu blicken. Sagen Sie uns doch einfach, wer Sie auf der Rückfahrt gesehen hat. Das überprüfen wir dann und bringen Sie, wenn alles in Ordnung ist, direkt nach Hause."

"Nein", sagte sie und lächelte resigniert, "ich glaube, ich habe kein Alibi."

"Präzisieren wir das doch einmal", ergriff nun Rademacher das Wort, "wie sind Sie nach Hause gekommen? Mit dem Zug oder mit dem Auto?"

"Mit dem Zug."

"Und wann waren Sie dann hier?"

"Um kurz nach elf."

"Und haben sich ein Taxi genommen?"

Sie zuckte bedauernd mit den Schultern. "Nein, ich wohne ganz in der Nähe vom Bahnhof."

"Schade", entfuhr es Rademacher unwillkürlich.

"Aber im Zug", wandte nun Werther hoffnungsvoll ein, "haben Sie sich da mit niemandem unterhalten?"

Das Verhör hatte eine sonderbare Wendung genommen. Es bestand nicht mehr der allergeringste Zweifel, dass beide Kommissare auf der Seite der Verdächtigen standen, der Mutter einer kleinen Tochter, deren Mann für nichts und wieder nichts ums Leben gekommen war. Und beide wünschten sich nichts mehr, als dass tatsächlich ein Entlastungszeuge auftauchte, auch wenn die Akropolis, eben noch in Sichtweite, dann wieder Lichtjahre entfernt wäre.

"Doch", sagte sie, aber es klang immer noch resigniert.

"Es ist ein Mann Mitte vierzig zugestiegen, der, glaube ich, Gefallen an mir gefunden hatte."

"Und?"

"Er hat mich gefragt, warum ich so unglücklich aussehe. Ich weiß nicht, ich habe ihm irgendwie direkt vertraut und ihm alles erzählt, von meinem Mann, meiner Tochter, meinem Leben."

"Und dann?"

"Dann waren wir in Lindau, und er ist ausgestiegen."

"Sonst nichts?"

"Doch. Ich glaube, er war allein und wollte mich näher kennen lernen. Er hat mich um meine Telefonnummer gebeten."

"Ja?"

"Ich habe sie ihm schließlich gegeben und er mir seine."

"Das ist doch wundervoll."

"Nein, ich habe sie direkt weggeschmissen. Er war mir sehr sympathisch, aber überhaupt nicht mein Typ. Ich wusste ja leider nicht, dass Hessling ermordet würde und ich ein Alibi brauche."

"Möglicherweise meldet er sich ja noch."

"Ich glaube nicht. Er war sehr sensibel und hat sicher gespürt, was ich empfinde."

Werther stöhnte resignierend auf, stieß Luft aus, lehnte sich dann zurück und fasste sich wieder: "Gut, Frau Sandner. Wir zweifeln nicht daran, dass Sie Hessling ermorden wollten, schon weil Sie in München unter falschem Namen aufgetreten sind. Ihre Geschichte von einer romantischen Beziehung mit Hessling ist lachhaft. Keineswegs unwahrscheinlich erscheint es jedoch, dass Sie am Samstagmittag - aus welchen Gründen auch immer - vom Mordvorsatz zurückgetreten und nach Konstanz zurückgekehrt sind. Solange Sie aber keinen Entlastungszeugen aufbieten können, müssen wir Sie zunächst hier behalten und dann nach München bringen, wo wir Sie Zeugen gegenüberstellen werden. Was ich Ihnen anbieten kann:

Erstens: Um Ihnen den sicher nicht angenehmen Polizei-transport zu ersparen, schlage ich vor, dass wir morgen gemeinsam mit dem Zug nach München fahren. Sie werden mir schon nicht davonlaufen."

Verena Sandner sah ihn an und nickte.

"Zweitens: Wir werden mit Ihrer Hilfe ein Phantombild Ihres Mitreisenden erstellen und dann nach ihm fahnden. Für den Fall, dass es ihn gab und er sich nicht mehr meldet."

Sie nickte erneut.

Rademacher blickte auf seine Uhr und schüttelte den Kopf.

"Also morgen?"

"Ja."

"Gut, von meiner Seite aus war's das fürs Erste." Dann wandte er sich an Rademacher. "Haben Sie noch Fragen?"

"Nein", antwortete Rademacher.

"Dann lassen wir sie abführen."

18

Als Werther und Rademacher anschließend zu einem Lokal in der Altstadt gingen, um gemeinsam zu Abend zu essen, duzte Werther Rademacher einmal unwillkürlich, ging, sich korrigierend, wieder zum Sie über, und Rademacher sagte:

"Mann, sagen wir doch einfach Du zueinander, Kollege."

"Gerne."

"Ich bin Ulrich."

"Und ich Lars."

Beim Essen wollte Werther wissen, was Ulrich zu der ganzen Geschichte sagte.

"Ich sehe das genauso wie du. Sie wollte ihn ermorden, hat aber dann festgestellt, dass sie es nicht konnte."

"Ja, weil sie einfach keine Verbrecherin ist, sondern ein ganz normaler Mensch wie du und ich."

"Genau, das ganz normale menschliche Verhalten."

"Welcher normale Mensch bringt nicht gelegentlich in Gedanken seinen Chef um?"

"Wem sagst du das?"

"Und in ihrem Falle war es natürlich mehr als der normale Alltagsärger, aber im entscheidenden Moment hat sie gemerkt, dass Hessling ein Mensch ist und sie keinen Menschen töten kann."

"Es ist ganz simpel", erklärte Rademacher, "Verbrechen werden von Verbrechern begangen."

Ja, dachte Werther, das hatte auch der Professor gesagt, und es stimmte, meistens jedenfalls.

"In der Regel zumindest", sagte Werther nun, "auch wenn man uns in diesen unsäglichen Krimis ständig etwas Anderes weismachen will. Da bringen es selbst die harmlosesten Zeitgenossen zum Täter, weil sie im Streit jemanden berühren, der daraufhin umkippt wie ein mimosenhafter Fußballprofi und auf einen der scharfkantigen Gegenstände fällt, die glücklicherweise überall herumstehen und das für den Krimi unbedingt notwendige Ableben der Opfer ermöglichen."

"Oh mein Gott", bestätigte Rademacher, "ich habe neulich so einen ambitionierten Schrott gesehen. Es ging um ein ausgesprochen originelles Thema, das Zölibat, also die Leiden eines Priesters, der eben auch einmal das romantische und sinnliche Liebesglück erleben wollte. Der Knabe wollte aber auch seinen Verein nicht verlassen, und daher wurde alles natürlich ganz, ganz dramatisch und tragisch, besonders für die heimliche Geliebte, die immer einsam und verlassen zu Hause saß, wenn der gute Mensch und Seelenhirte gerade pflichtbewusst im Altersheim arme Omis tröstete. Ich sage dir, was da passiert ist: Zwei Schwestern streiten sich wie die Kesselflicker, beschließen aber plötzlich kühl und entspannt, dass es doch viel gesünder wäre, an der frischen Luft weiterzustreiten. Draußen steuern sie dann zielstrebig die nächste Baustelle an, nur damit dort die eine der anderen einen Stoß versetzen und die in die Schaufel eines Baggers fallen und verenden kann. Das hältst du doch im Kopf nicht aus."

"Unglaublich, aber andererseits auch wieder logisch. Wenn nur Autoren zum Zuge kommen, die dem Zeitgeist in den Arsch kriechen, bekommst du eben nur selten Qualität. Das war schon im Dritten Reich so und ist heute nicht anders."

Rademacher schwieg, und Werther sagte schließlich: "Aber um auf Verena Sandner zurückzukommen: Wir glauben, dass sie ihn nicht ermordet hat, mit der Betonung auf glauben. Sicher ist das nicht."

"Natürlich nicht", entgegnete Rademacher nachdenklich.

Nach einer Weile sagte er dann: "Apropos Drittes Reich. Ich weiß, der Vergleich hinkt wie ein Tausendfüßler mit 999 Holzbeinen, aber als ich die Kleine befragte, habe ich mich gefühlt wie ein Gestapo-Arschloch, das mit Hilfe eines Kindes die Eltern ins KZ bringen will."

"Ich mich auch."

"Hoffen wir, dass wir den Zeugen finden."

Sie waren sich auch in diesem Punkt einig und glaubten auch, dass es ihn gegeben hatte, den einfühlsamen Mitreisenden, den Single Mitte Vierzig, der beim Anblick Verena Sandners plötzlich wieder auf das Glück seines Lebens gehofft hatte, dann aber doch in Lindau desillusioniert ausgestiegen und einsam und allein durch Sommerabend und Inselstadt nach Hause gegangen war.

"Wird er sich melden?" fragte Rademacher.

"Wenn ich eine Frau kennen lerne und wir unsere Telefonnummern austauschen, rufe ich sie auch nicht unbedingt direkt am nächsten Tag an. Aber per SMS einen schönen Sonntag wünschen hätte er ruhig können, wenn er schon so nett ist."

"Ja, wenn er sich noch zu melden gedenkt, wird es langsam Zeit."

Dann wechselten sie das Thema und Werthers neuer Duzfreund Ulrich tat das, was Werther eigentlich auch erwartet hatte. Er beklagte sich über seine Chefin. "Die ist eine so selbstgefällige Klugscheißerin. Weißt du, nichts gegen Frauen, wirklich nicht. Aber es ist der Zeitgeist, vom dem du eben sprachst: Frau ist edel und hat immer Recht. Die Frau als personifizierte Moralpredigt gegenüber dem Mann, dem ewig zerknirschten Erbsünder."

"Ich verstehe, was du meinst. Aber das würde ich mir nicht gefallen lassen."

"Privat würde ich das auch nie, aber was soll ich machen? Kündigen?"

Werther zuckte mit den Schultern.

"Und dann die ständigen Schwärmereien von Fassbinder, diesem Langweiler. Tödlich. Und ich bin ständig nur der Depp. Aber was das Schlimmste ist: Ich bin solo wie ein Lindauer. Und immer wenn ich eine Frau kennen lerne, geht irgendetwas schief, was nicht auf meinem Mist gewachsen ist. Weißt du, als wären wir Marionetten und irgendjemand würde die Strippen ziehen und alles tun, damit ich weiter bei der blöden Alten hängen bleibe."

"Aha", bemerkte Werther. Es war erst das zweite Viertel Wein, das Rademacher trank. Aber dann erzählte auch er, nicht ganz so solo wie ein Lindauer, von Laura, seiner großen Liebe, und davon, dass eindeutig einer zu viel an Bord war.

"Ist doch ganz einfach", raunte Ulrich im Verschwörerton, "ich bringe deinen Nebenbuhler um und du meine Alte."

"Tolle Idee."

Sie klatschten sich begeistert ab, dann aber bemerkte Rademacher:

"Nö, geht doch nicht. Wir kennen uns schließlich."

"So ein Pech aber auch."

Im Hintergrund waren vier sympathische Herren zu hören, die gerade rappend sangen, das Leben könne so einfach sein, sei es aber nicht. Wie Recht sie doch hatten, dachte Werther. Und dann sprachen sie weiter über Mordfälle, den Tod und das Leben und schließlich doch wieder über Frauen und gerieten dabei in die aufgekratzte und ein wenig euphorische Stimmung von Männern, die sich sympathisch sind und gut verstehen, weil sie eine Vielzahl von Übereinstimmungen und Gemeinsamkeiten zu erkennen glauben, und sich dennoch letztendlich viel lieber in anderer Gesellschaft befinden würden.

19

Am nächsten Morgen stand Werther früh auf und nutzte die Zeit, in der das Phantombild gezeichnet wurde, zu einem Spaziergang am See. Und wieder war es viel zu schön, verschwendet schön sozusagen, um es ohne Laura zu genießen. Es wäre ein Tag, um mit ihr über den See zu fahren und ihr Haar im Fahrtwind wehen zu sehen. Aber was sollte man machen? Das Leben war eben kein Wunschkonzert.

Um zehn Uhr holte er Verena Sandner im Kommissariat ab, so dass sie bequem den Zug um 10.38 Uhr erreichten. Nachdem sie eingestiegen waren, nahm sie ein Buch aus ihrer Tasche und begann zu lesen.

"Können Sie sich konzentrieren?" fragte Werther.

"Ja."

Dann las sie, und er blickte zum Fenster hinaus und hing seinen Gedanken nach.

Er sah noch einige Male den See, dann bei Singen den Hohentwiel, auf den er bei dem herrlichen Wetter gerne eben mal gestiegen wäre, später die Ausläufer des Schwarzwaldes, bevor sie ins obere Donautal und nach Immendingen gelangten, wo sie zum ersten Mal umsteigen mussten. Verena Sandner las weiter, und erst nachdem sie in Ulm, bei ihrer Freundin sozusagen, ein weiteres Mal umgestiegen waren, fragte sie ihn:

"Glauben Sie wirklich, dass ich Hessling ermordet habe?"

"Es zählen die Fakten und nicht das, was ich glaube."

"Natürlich."

"Völlig klar für mich ist: Dass Sie Hessling einfach kennen lernen wollten, ist Unsinn, Ihre angebliche Liebesgeschichte mit ihm eine Arabeske. Sie haben sich in München mit verändertem Aussehen und unter falschem Namen einquartiert, weil Sie - genauso wie es Sagers Plan zweier Überkreuzmorde vorsah - Hessling ermorden wollten. Nahe liegend ist, dass Sie das auch taten und anschließend nach Konstanz zurückkehrten, zumal Sie keinen Entlastungszeugen vorweisen können."

"Noch keinen, möglicherweise."

"Ja, möglicherweise. Emotional ist die Tat nachvollziehbar. Bringt Faschist A meine Anverwandten um, und ich bekomme Faschist B in die Hände, der zufälligerweise nicht meine, sondern andere Familien ausgelöscht hat, überträgt sich mein Hass auf ihn. Andererseits halte ich Sie nicht für einen Menschen, der einen anderen wirklich umbringen könnte, weiß jedoch, dass das Leben immer mit Überraschungen aufwartet, besonders in meinem Beruf."

"Ist es wirklich so abwegig, dass ich ihn kennen lernen und herausfinden wollte, wie so ein Mensch seine Tat verarbeitet und damit lebt."

Werther lachte bitter. "Natürlich ist das abwegig, besonders wenn Sie dabei eine Perücke aufsetzen und unter falschem Namen unterwegs sind. Außerdem sind Sie nicht dumm."

"Danke, aber wie soll ich das verstehen?"

"Es ist doch jedem klar, wie so einer denkt, so ein Hessling oder ein…"

"Kerem Uzaroglu", ergänzte sie tonlos und ernst.

"Die Opfer, Ihr Mann, Lena Sager und deren Tochter, interessieren ihn nicht im Allergeringsten. Er hat lediglich die Hosen voll und will möglichst unbeschadet aus der Sache herauskommen. Wer glaubt, die armen Menschen, ich meine die Todesfahrer, seien mit schlechtem Gewissen und Reue genug gestraft, ist ein Traumtänzer. Solange ihnen selbst nichts passiert, schlafen solche Typen gut."

Werther sprach mit einer solchen Verachtung, dass es einen Moment lang gar nicht ausgeschlossen schien, dass er selbst Hessling niederschlagen und mit dessen Wagen überrollt hätte.

"Es würde Ihnen also sehr leid tun, wenn Sie mich für so einen wie Hessling ins Zuchthaus bringen müssten?"

"Ja."

"Aber Sie würden es trotzdem tun?"

"Natürlich. Selbstjustiz ist völlig inakzeptabel, vor allem weil sich die Frage stellt: Wo fängt es an und wo hört es auf?"

"Ich verstehe", sagte Verena Sandner und nahm ihr Handy. Werther blickte sie hoffnungsfroh an, aber sie schüttelte den Kopf.

"Keine Nachricht."

Sie schaute ihn an und lächelte.

"Sie und der andere freundliche Kommissar wären sehr froh, wenn sich mein Zeuge melden würde?"

"Was denn sonst? Es ist doch genug, wenn so ein süßes kleines Mädchen wie ihre Tochter den Vater verliert."

Verena Sandner traten Tränen in die Augen, und Werther sagte: "Gut, nutzen wir die Zeit. Nehmen wir an, es stimmt, was Sie sagen. Sie rufen also am Samstagmittag Sager an und sagen: 'Tut mir leid, es geht nicht.' Der informiert dann Wegener und Pecchioli. Und einer von beiden hat genug von den schlauen Plänen des Professors, macht sozusagen Nägel mit Köpfen und ermordet Hessling."

"Warum Wegener?"

"Aus schlechtem Gewissen natürlich. Sie kennen ihn?"

"Möglich."

"Interessant. Aber gehen wir davon aus, dass kein edler Rächer am Werk war. Wer könnte es sonst gewesen sein? Oder anders formuliert: Was können Sie mir über Hesslings persönliches Umfeld sagen?"

"Nicht viel. Er hatte einen Heidenrespekt vor seiner Mutter und die übrigens auch vor ihm."

"Er war ihr wirklich wichtig, anders als sein Bruder."

"Ja, das kann gut sein."

"Dass Hessling in der Firma das Sagen hatte, dürfte seinem Bruder nicht gefallen haben."

"Dazu kann ich nicht viel sagen, weil ich ihn nie kennen gelernt habe. Ich hatte allerdings das Gefühl, dass Hessling seinen Bruder nicht besonders mochte, sondern in ihm einen Querulanten sah."

"Ich verstehe. Es wäre ja auch nicht in Ihrem Sinne gewesen, mit den Menschen in seinem Umfeld in Kontakt zu treten, nachdem Sie die Begegnung mit seiner Mutter schon nicht vermeiden konnten."

"Wenn Sie meinen, Herr Kommissar."

"Also, wer könnte es getan haben?"

"Ich habe keine Ahnung."

"Überlegen Sie. Es ist doch in Ihrem Interesse, sich ein bisschen anzustrengen."

"Aber Herr Kommissar, ich kann mir doch keine Märchen ausdenken."

"Das sollen Sie auch nicht, obwohl Sie in dieser Hinsicht durchaus begabt sind, wenn ich an Ihre Liebesgeschichte mit Hessling denke."

Verena Sandner schmunzelte und sah Werther in die Augen: "Sie glauben, eine Frau wie ich sollte sich nicht in Hessling, sondern in andere Männer verlieben?"

Werther lachte und blickte auf ihr Buch, das sie dann tatsächlich wieder nahm und weiterlas.

20

Für Riepertinger war der Fall klar und Verena Sandner die Mörderin. Werthers feinfühlige Beobachtungen beim Abschied von ihrer Tochter überzeugten ihn nicht. Aufschlussreicher fand er hingegen, dass in Hessling Wagen ein langes schwarzes Haar von einer Perücke gefunden war.

Bei der Gegenüberstellung wurde Verena Sandner sowohl von der Pensionswirtin als auch von Hesslings Mutter erkannt, Zweifel ausgeschlossen. Erstere betonte, dass sie sich normalerweise immer den Personalausweis vorlegen lasse. Dass dies bei Verena Sandner nicht geschehen sei, könne sie sich nicht erklären.

Hesslings Mutter sagte tonlos: "Das ist also die Mörderin meines Sohnes."

"Möglicherweise", entgegnete Werther.

"Kann ich sie sprechen?"

"Nein."

Was sollte das schon bringen. Daraufhin blieb sie reglos auf ihrem Stuhl sitzen und war nur mit Mühe dazu zu bewegen, das Präsidium wieder zu verlassen.

Riepertinger verhörte die Sandner, stundenlang, aber sie blieb fest und ruhig bei ihrer Version. Sie habe Hessling, einen Menschen wie ihn, kennen lernen wollen. Ermordet habe sie ihn nicht und darüber hinaus auch nichts zu sagen. Auch zur Frage, wieso sie ihre Identität verschleiert habe, äußerte sie sich nicht.

Dann verhörten sie gemeinsam Sager, der alles abblockte. Für Angehörige von Unfallopfern sei es außerordentlich hilfreich, sich auszutauschen und sich zur Seite zu stehen. Dafür könne man auch die Fahrt nach Konstanz in Kauf nehmen. Die Vorstellung von Überkreuzmorden erklärte er für absurd. Von moralischen Aspekten einmal ganz abgesehen, mache Rache schließlich niemanden lebendig.

Werther dachte an die Fotos der beiden Frauen und des Mädchens in Sagers Wohnzimmer, die alle, zwei durch Hessling, gestorben waren. Was galt selbst einem Professor für Philosophie der Humanismus, wenn man ihm alles nahm?

Die Auswertung der Telefonverbindungen Sandners und Sagers führte zu folgendem Ergebnis: Am Samstag um 15.12 Uhr hatte sie ihn angerufen und am Sonntag um 17.32 Uhr er sie, die einzigen Verbindungen zwischen beiden, die aufgelistet waren. Am Samstag gegen 16 Uhr hatte der Professor Pecchioli und kurz darauf Wegener angerufen und später versucht, Stadler zu erreichen. In gewisser Weise stützte dies Werthers Theorie. Verena Sandner war vom Mordplan zurückgetreten, worüber sie Sager und der wiederum die anderen informierte. Dabei konnten sich die Beteiligten auch zum ersten Mal eines Telefons bedienen, dessen Verbindungen nachweisbar waren. Das war nun kein Problem mehr, denn es würde ja schließlich zu keinem Mord mehr kommen.

"Spekulation", sagte Riepertinger, und sie begannen, über Frauen, Männer, Menschen zu philosophieren. Werther nahm das Thema wieder auf, das er mit Rademacher besprochen hatte, und erklärte die Vorstellung vom edlen Rächer für Humbug. Normale Menschen wie er, Riepertinger und Verena Sandner brächten niemanden um, auch wenn sie sich das erträumten. Spätestens wenn es ans Eingemachte ginge, sei Schluss mit lustig. Riepertinger hingegen warnte davor, Frauen zu unterschätzen.

"Frauen hassen konsequenter und beständiger", sagte er, "der Mann an sich ist ein Sponti. Bekommt er sein Hassobjekt möglichst bald in die Finger, entleibt er es möglicherweise. Falls nicht, beruhigt er sich wieder. Bei Frauen ist das anders."

"Möglich", entgegnete Werther.

Überzeugen konnten sie hingegen den Staatsanwalt von der Wahrscheinlichkeit der Überkeuzmordtheorie. Er stellte ihnen Durchsuchungsbefehle für die Häuser und Wohnungen von Pecchioli, Brand, Stadler und Wegener aus. Werther selbst war es, der auf Stadlers Computer fündig wurde. Unprofessionell versteckt fand er dort allerlei Wissenswertes über Kerem Uzaroglu einschließlich eines Fotos. Es zeigte einen grobschlächtigen Mann, weit älter aussehend als er war, mit einem aufgedunsenem Gesicht, das nach der Faust rief, mit der man hineinschlagen konnte, vorausgesetzt natürlich, man kannte die Vorgeschichte.

Warum er Foto und Informationen gespeichert habe, wollte Werther wissen, und Stadler antwortete, dass er sich nach dem Tod Lena Sagers für ähnlich gelagerte Fälle interessiere. Natürlich, was sonst?

Mehr ergaben die Durchsuchungen allerdings nicht.

Am Sonntag führte sich Werther dann in aller Ruhe und Sorgfalt die Aufnahmen der Konzerte der Gruppe Woyzeck zu Gemüte, was mehrere Stunden in Anspruch nahm. Der Himmel war bedeckt, aber es war sommerlich warm und trocken und der Tag auch so zu schön, um ihn vor der Glotze zu verbringen, aber was sollte man machen?

Aus Lindau waren keine Nachrichten gekommen, am Abend erhielt er jedoch die Mitteilung, dass ihn die Untersuchungsgefangene dringend zu sprechen wünsche, woraufhin er sich direkt zu ihr auf den Weg machte. Es war geschehen, womit eigentlich niemand mehr gerechnet hatte: Eine einsame Seele vom Bodensee hatte sich doch noch dazu durchgerungen, einer schönen Frau, von der er sich vielleicht nur wenige Minuten lang während einer Zugfahrt an einem Sommerabend das Glück seines Lebens oder Restlebens erträumt hatte, eine ebenso schöne SMS zu schicken. Er schrieb: "Ich habe gespürt, dass mir nichts bleibt, als Ihnen aus vollstem Herzen ein Ende Ihrer Trauer und Ihnen und Ihrer Tochter alles Glück dieser Welt zu wünschen."

'Gut gemacht', dachte Werther und lächelte, nachdem er in Verena Sandners Zelle die Nachricht gelesen hatte. Bei ihr aber brachen in diesem Moment alle Dämme. Die Tränen schossen ihr in die Augen, sie begann herzergreifend zu weinen, und als sie sich dann schluchzend in seine Arme fallen ließ, da hielt er sie und strich ihr sanft und langsam mit der Hand über den Rücken, zärtlich und vorsichtig zugleich.

Später rief er den Zeugen an, der alles bestätigte, was Verena Sandner ausgesagt hatte. Nichtsdestotrotz war eine Gegenüberstellung notwendig.

21

Am nächsten Morgen setzte er sich in aller Frühe mit den Lindauer Kollegen in Verbindung, mit denen er alles Nötige absprach. Dann packte er Verena Sandner, die eine letzte Nacht in ihrer Zelle hatte verbringen müssen, in sein Auto und stellte fest, dass er mit ihr mittlerweile mehr durch die Gegend fuhr als mit Laura. Eine weitere Parallele war, dass sie, als sie Richtung Westen fuhren, beide, Verena, die Frau, und Werther, der Mann, wirklich glücklich waren.

In Lindau ging alles schnell vonstatten. Der Zeuge, ein eher kleingewachsener, rundlicher Mann Mitte vierzig mit Halbglatze wartete bereits. Er war mit Jeans, weißem Hemd, schwarzer Lederweste und Halstuch sorgfältig, mit Bedacht und durchaus vorteilhaft gekleidet und lächelte Verena Sandner an, als sie eintrat.

Er sagte aus, er habe sich an dem fraglichen Samstag etwa eine Stunde im Zug mit Verena Sandner unterhalten. Der Zug sei um 20.27 Uhr in Lindau angekommen, er selbst wäre ausgestiegen und Verena Sandner weitergefahren.

Und er sei sich sicher und könne sich noch genau an alles erinnern?

Der Zeuge lächelte wehmütig, wandte sich an Verena und sagte:

"Wie könnte ich die Begegnung mit einer Frau wie Ihnen vergessen."

Das war nun schön und romantisch. Prosaisch und zügig wurden dann das Protokoll aufgenommen und alle Formalitäten erledigt. Werther schaute auch noch einmal ins Internet:

EC 190 um 18.14 Uhr ab München. Sie konnte ihn nicht ermordet haben.

Dann bedankte sich Verena herzlich bei dem Zeugen, und es ging weiter Richtung Meersburg. Auf der Fähre fragte sie, ob nun alles erledigt sei. Werther schaute zunächst etwas gequält und antworte: "Ich denke schon."

Er sah, wie der Wind mit ihren braunen Haaren spielte, dann lächelte er spitzbübisch und sagte: "Wissen Sie, was das Schöne an meinem Beruf ist? Wir gewinnen praktisch immer."

"Gratuliere."

"Wissen Sie warum? Wir sind die Profis, die anderen Amateure. Wir dürfen Fehler machen, die anderen nicht, nicht einen einzigen. Und wissen Sie, wen wir am schnellsten bekommen?"

"Keine Ahnung", entgegnete sie und lächelte nicht.

"Die Dümmsten und die Klügsten. Die Klügsten sind die, die tolle Pläne schmieden, durchdacht, ausgefeilt bis ins Detail, monatelang vorbereitet. Was sie immer vergessen: Je komplizierter, umfangreicher, vielschichtiger der Plan, desto größer die Chancen, Fehler zu machen, und desto wahrscheinlicher, dass Unvorhergesehenes dazwischenkommt. Und die Summe aller möglichen Fehler und Zufälle garantiert das Scheitern."

"Das ist doch schön für Sie."

Werther blickte auf das Wasser unter sich und dann zum fernen Ufer.

"Sie wissen genau, was ich meine. Da nimmt man die Identität einer Frau an, mit der man vor Jahren einen Französischkurs besucht hat. Wie sollen die blöden Bullen darauf kommen, fragt sich die kluge Frau, felsenfest davon überzeugt, die einzige zu sein, die Adressenlisten aufhebt. Und dann das Unvorhergesehene. Die Frau gibt sich spröde und redet sich mit Enttäuschungen heraus. Der Mann will ihr nun zeigen, dass er es ernst meint. Was macht er also? Er fährt nicht zum Restaurant, sondern nach Hause, um die Angebetete ganz offiziell der Mami vorzustellen. Und was macht die Frau, wenn sie im Auto vor dem Haus der Hesslings sitzt? Schreien? Weglaufen? Verstehen Sie mich?"

"Ja, ich kann Ihre interessanten Gedankengänge sehr gut nachvollziehen."

"Schön. Aber natürlich sind auch uns Grenzen gesetzt. Wenn Sie sagen, dass Sie bei Hessling nur die Seele des Todesfahrers an sich erkunden wollten, und Sager erklärt, er habe lediglich Trost suchen und spenden wollen - wie soll ich Ihnen da bei dem traurigen Lindauer und dem schönen Alibi ein Mordkomplott nachweisen, das natürlich auch dann Knast bedeuten würde, wenn es letztendlich nicht durchgeführt wird."

"Nein, da könnten Sie nichts machen, auch wenn Sie es unbedingt wollten."

"Genau."

"Und diese Bagatelle mit dem Einquartieren unter falschem Namen. Ich weiß wirklich nicht, wer das jetzt noch strafrechtlich verfolgen möchte, nachdem Sie immerhin einige Tage in U-Haft gesessen haben. Ich jedenfalls nicht. Im allerschlimmsten Fall erwartet Sie da ein Bußgeld."

"Danke."

Werther blickte in die Ferne. "Ja, es ist jedenfalls alles in bester Ordnung." Dann schaute er sich um, dezent und unauffällig. Sie waren alleine, niemand in der Nähe, so dass er ihr urplötzlich fest in die Haare griff, ihren Kopf nur ein kleines Stück, kaum merklich, zurückzog und ihr zuraunte:

"Und jetzt sagst du mir, wer es getan hätte. Pecchioli, Wegener, Stadler oder Brand?"

Sie schaute ihn aus den Augenwinkeln an, ihr Lächeln war fast so spitzbübisch wie vorher seins, und sie sagte leise:

"Lass los."

Er ließ sie los und sie sagte. "Sie meinen also in dem völlig hypothetischen Fall, dass eine Theorie zuträfe, die in Wirklichkeit nur dem Gehirn eines ungewöhnlich phantasiebegabten Beamten entsprungen ist."

"Natürlich, ganz hypothetisch."

"Wenn es also so gewesen wäre, wie es nicht war?"

"Ja."

"Der Kleine natürlich. Wer sonst?"

"Und der…

"…hätte es möglicherweise auch wirklich getan."

"Ich warne Sie", sagte Werther, "sollte diesem…

"…Kerem Uzaroglu…"

"…irgendwann einmal etwas passieren, sitzen Sie alle vollendet in der Scheiße."

"Das haben Sie sehr schön formuliert, Herr Kommissar", lobte Verena, dann war sie es, die Werther anblickte und ihm sanft übers Haar strich, als sie sagte: "Aber warum sollten wir so etwas machen? Die Täter sind doch rechtskräftig verurteilt und der Gerechtigkeit ist genüge getan."

Ja, so war es nun einmal. Werther lächelte bitter. Was sollte er dazu sagen?

Wenig später fuhren sie in Staad von der Fähre, und Werther brachte sie zum Haus ihrer Freundin. Als er davor anhielt, sagte er lächelnd, er schließe sich den Wünschen des Lindauers an und fügte hinzu:

"Alles Gute."

"Ja, Ihnen auch, alles Gute."

Dann stieg sie aus, ging zur Tür, klingelte und wurde eingelassen. Er stellte sich vor, wie ihre Tochter nun auf sie zulief und sie die Kleine überglücklich in die Arme drückte. Er hätte weinen können vor Glück darüber, dass er wieder mit sich im Reinen war.

Dann fuhr er zur Konstanzer Polizeidirektion, um seinem alten Freund Ulrich Rademacher einen Besuch abzustatten. Der war jedoch unterwegs. Stattdessen traf er dessen Chefin an, die ihn angenehm überraschte. Sie war eine interessante, sehr weibliche und gut aussehende, wenn auch nicht mehr ganz junge Frau, perfekt für jemanden, der auf mütterliche Typen stand. Sie sprachen über Werthers Fall und den Stand der Dinge. Und dabei bemerkte er, was sie so interessant, ja beinahe faszinierend machte. Es war etwas, was man böswillig als Trick, als Wichtigtuerei sogar, bezeichnen konnte. Sie sagte alles, auch das Banalste und Einfachste, auf eine Art und mit einer Mimik, die vermuten ließ, dass hinter dem Gesagten unausgesprochene Gedanken standen, die von ungeheurer Bedeutung und Wichtigkeit waren. Erst später, als der Bodensee längst hinter ihm lag und er durchs Allgäu fuhr, glaubte er sich daran zu erinnern, dass in den späten Fassbinder-Filmen fast alle derart bedeutungsschwanger gesprochen hatten. Dann jedoch blickte er nach vorne und sagte sich, dass es entweder ein Zufall war, den es ja bekanntlich nur äußerst selten gab, oder dass Pecchioli oder Wegener der Täter sein musste, und er dachte über seine Strategie bei den Verhören nach.

22

Wegener saß Werther mit verschränkten Armen im Verhörraum gegenüber, während Riepertinger hinter Werther an der Wand stand, so dass er Wegener im Blick hatte. Er überließ Werther das Spiel.

"Professer Sager hat Sie am späten Samstagnachmittag angerufen."

"Möglich."

"Nicht möglich, sicher, exakt um 17.32 Uhr."

"Wenn Sie es so genau wissen."

"Worüber haben Sie gesprochen?"

"Über Belangloses."

"Das ist falsch. Er hat Ihnen gesagt: Sie kann es nicht und tut es nicht."

"Ich verstehe nur Bahnhof. Wer kann und tut was nicht?"

"Verena Sandner wird Hessling nicht umbringen."

"Ich kenne keine Verena Sandner."

"Dann helfe ich Ihrem Gedächtnis auf die Sprünge. Verena Sandner sollte Hessling ermorden. Dafür würde dann einer von Ihnen den

Todesfahrer ermorden, der Verena Sandners Mann auf dem Gewissen hatte."

"Ich habe wirklich keine Ahnung, wovon Sie sprechen."

"Gut, lassen wir die Lügen und kommen wir zu den halben Wahrheiten. Sie waren acht Jahre mit Lena Sager zusammen?"

"Ja, wie ich Ihnen bereits sagte."

"Schon relativ kurze Zeit nach der Trennung haben Sie ihre Frau kennen gelernt und bald darauf geheiratet."

"Auch das stimmt."

"Zwischen Lena Sager und Ihnen war aber weiterhin Friede, Freude, Eierkuchen. Sie blieben gute Freunde und haben weiterhin gemeinsam Musik gemacht, als Hobby eben."

"Auch das ist richtig."

"Also alles in bester Ordnung?"

"Das kann man so sagen. Aber worauf wollen Sie eigentlich hinaus?"

"Auf die Wahrheit natürlich, die ganze Wahrheit, denn nichts war in Ordnung, überhaupt nichts."

"Was wollen Sie damit sagen?"

"Es waren acht Jahre. Und in gewisser Weise haben Sie Lenas Leben zerstört, beruflich und privat."

Wegener wollte etwas einwenden, aber Werther ließ ihn nicht zu Wort kommen.

"Ich sage das gar nicht mit moralischem Vorwurf, aber das sind einfach die Fakten."

"Noch einmal", stellte Wegener klar: "Erst kam die Trennung, eine Geschichte zwischen Lena und mir, und dann erst habe ich meine Frau kennen gelernt."

"Richtig, die kam etwas später, war dann aber doch ein wenig anschmiegsamer, vielleicht auch hübscher, niedlicher, ganz sicher aber bürgerlicher, wenn man das so sagen kann. Und Lena war mit ihrer alles fordernden Liebe auf Dauer doch zu anstrengend."

"Interessant", entgegnete Wegener, "woher Sie das alles wissen wollen."

Ihm war die Gelassenheit abhanden gekommen, und er wurde lauter: "Die Trennung war nicht meine Schuld, zumindest nicht allein. Sie hatte es genauso in der Hand gehabt wie ich."

Werther lächelte. "Ja, genau darauf will ich hinaus. Tatsache ist: Es waren acht Jahre voller Höhen und Tiefen, Liebe und Leidenschaft, Krisen und Streit. Und Sie sind gegangen, obwohl Sie wussten, dass sie Sie rückhaltlos liebte, nach wie vor."

"Arschloch", zischte Wegener.

"Mann, das ist Beamtenbeleidigung", belehrte ihn Werther, "dafür wird man erschossen."

"Was soll das?" rief Wegener. " Warum wühlen Sie in jahrzehntelang zurückliegenden Liebesgeschichten. Suchen Sie verdammt noch mal den Mörder und überreichen Sie ihm den verdienten Orden."

Werther ignorierte diesen Einwand völlig. "Ich frage mich, wer war er, der Mann ihres Lebens? Pecchioli?" Er lächelte. "Natürlich, wunderschön. Eine Geliebte, eine richtige Rocksängerin zumal, so etwas peppt das Leben auf. Aber Lena Sager war nicht der Typ der ausgenutzten Geliebten, auf gar keinen Fall. Er gab ihr das, was sie brauchte. Er war ihr gelegentlich nah, aber doch weit genug entfernt, so dass sie weiterhin den Mann lieben konnte, den sie liebte bis zu ihrem letzten Atemzug."

"Ich sagte es doch, ein Dichter. Was ist schon Rosamunde Pilcher gegen einen bayerischen Beamten, eine Stümperin." Wegener klang fast schon theatralisch, Werther hingegen blieb ruhig und kühl.

"Danke, dass Sie elegant zum nächsten Thema überleiten, der Kunst. Sie haben Prioritäten gesetzt und Informatik studiert. Das Risiko war Ihnen zu groß."

Wegener sprang auf und schrie: "Wir waren uns beide darüber einig, dass sie nicht zu den hohen Herren der Musikindustrie läuft und ihnen einen bläst."

"Ich verstehe", sagte Werther und lächelte.

Wegener setzte sich wieder und sagte ruhig: "Ohne falsche Bescheidenheit: Wir waren nicht unbegabt, aber uns fehlte der wirklich kreative Kopf. Das ist die Voraussetzung, die erste bescheidene Voraussetzung."

"Einverstanden, begabt ist sicher das richtige Wort für Sängerin, Bassist und Schlagzeuger, aber was den kreativen Kopf betrifft: Unterschätzen Sie da nicht Ihren kleinen Ritchie Blackmore? Ich fand die Eigenkompositionen, die sicher aus seiner Feder stammen, überhaupt nicht schlecht."

"Ja", raunte Wegener, „die sind von ihm. Ansonsten willkommen im Klub der Traumtänzer. Wie oft haben wir das gehört in den letzten zwanzig Jahren. Oh, ja, ihr seid ja so gut wie die Stones und wie U2, Bon Jovi und die Scorpions mindestens."

Er lächelte. "Aber Respekt, Sie scheinen sich ja wirklich eingehend mit unserer Musik beschäftigt zu haben."

"Ja, das habe ich."

"Aber Sie wissen auch, dass nicht schlecht zu wenig ist."

"Es kommt natürlich darauf an, wie es gemeint ist."

"Wie dem auch sei. Ich erzähle Ihnen jetzt mal eine lustige Geschichte aus der Musikindustrie. Eine Gruppe, die genug von den vielen Absagen hatte, schickte vor einigen Jahren einmal ein leeres Demoband an zwanzig Plattenfirmen. Achtzehn schrieben, die Musik sei hervorragend, passe aber leider nicht ins Programm. Nur zwei fragten, wieso sie auf die Idee kämen, ihnen ein leeres Demoband zu schicken. Das Ganze ist eine Lotterie. Und ich habe nur ein Leben und wollte mich darauf nicht einlassen."

"Ja", sagte Werther, "ich kann Ihre Argumentation nachvollziehen und sehe, wie Sie alle überzeugen wollen, meinen Kollegen, mich und sich selbst."

"Gut", entgegnete Wegener, der sich wieder beruhigt hatte, "aber was soll das Ganze?"

Jetzt war es Werther, der aufsprang und laut wurde: "Was das Ganze soll? Ich will wissen warum? Sager ruft Sie am Samstagnachmittag an und sagt konsterniert: 'Sie macht es nicht.' Und Ihnen reicht es. Sie haben lange genug gewartet und endgültig die Nase voll von seinen klugen Plänen. Sie setzen sich ins Auto und fahren zu Hessling, folgen ihm auf den Wanderparkplatz. Er läuft, und Sie warten, dann dämmert es bereits, er kommt wieder zurück, niemand ist da, Sie kennen ihn, aber er kennt Sie nicht. Sie plaudern über das Laufen: 'Gute Laufstrecke hier, nicht?' Er wendet Ihnen den Rücken zu, und Sie haben den Stein schon in der Hand und schlagen zu, dann überrollen Sie ihn mit seinem Wagen, damit er stirbt wie sie, und ich frage mich: Warum? Freundschaft? Nein, Freundschaft ist kein Mordmotiv, aber ein abgrundtief schlechtes Gewissen schon."

Wegener, der Werthers Ausführungen schon zuvor mit einem leisen Lächeln bedacht hatte, lachte. Er hatte seine alte Gelassenheit vollends wieder gefunden und sagte: "Wenn Sie so wollen, gerne. Wenn ich ihn ermordet HÄTTE, KÖNNTE ein schlechtes Gewissen das Mordmotiv sein. Von mir aus. Warum nicht? Aber ich habe ihn nicht ermordet, sondern den Abend gemeinsam mit meiner Familie verbracht."

"Ja, das sagten Sie."

"Und ich frage mich, warum ein Klugscheißer wie Sie auf dem Gebiet der Menschenkenntnis so vollkommen versagt. Meine Frau möglicherweise, vielleicht sogar mein Sohn. Aber haben Sie sich nicht meine Tochter angeschaut? Sie würde und vor allen Dingen könnte mir kein Alibi geben, wenn ich wirklich einen Menschen ermordet hätte."

"Den Versuch war's wert, oder?" fragte Werther, nachdem sie Wegener entlassen hatten. Riepertinger zuckte mit den Schultern. Letztendlich hatte Wegener Recht. Werther befragte noch einmal Frau, Tochter und Sohn, und natürlich war klar, dass Familienmitglieder keine perfekten Alibizeugen sind. Aber wenn alle drei dasselbe aussagten, nicht mit denselben Worten wohlgemerkt, was auf Absprache hätte schließen lassen. Wenn sich keiner der drei in Widersprüche verwickelte und es auch bei eingehender Befragung zu keinerlei Unstimmigkeit kam, wenn alle drei selbst in dieser ungewohnten, psychisch sicher belastenden Situation ruhig, souverän und somit absolut glaubwürdig blieben - dann ließ das nur einen Schluss zu: Wegener hatte den Abend im Kreise seiner Familie verbracht und Hessling nicht ermordet.

23

Vom Rhein kam die Bestätigung, die sie erwartet hatten: Die Alibis von Stadler und Brand hatten sich als hieb- und stichfest erwiesen. Es blieb nun also nur noch Pecchioli. Sie wollten gerade zu ihm aufbrechen, als jemand an die Tür klopfte.

"Herein", rief Werther, und ein etwa siebzigjähriger Mann trat ins Zimmer und grüßte freundlich.

"Grüß Sie", entgegnete Riepertinger mit der gespielten Freude, die man Menschen entgegenbringt, die in gewisser Weise einen Anspruch auf eine freudige Begrüßung haben, in Wirklichkeit aber nur stören.

Auch Werther grüßte, und der Herr ging auf ihn zu und reichte ihm die Hand.

"Rüdiger von Bruch, Hauptkommissar außer Dienst."

Werther erhob sich und schüttelte die Hand des Mannes.

"Lars Werther, Hauptkommissar im Dienst."

Er lächelte, sagte sich aber zugleich, dass er sich seine Witzeleien eigentlich abgewöhnen sollte.

"Mein alter Chef", erklärte Riepertinger, "und wahrscheinlich der beste Kripo-Beamte, den wir je hatten."

"Er kriecht mir immer noch in den Arsch", raunte von Bruch Werther augenzwinkernd zu, dann fragte er Riepertinger nach dem Befinden von Frau und Kindern und erhielt kurze und positive Auskunft.

"Und wie läuft es hier?"

"Arbeit ohne Ende", klagte Riepertinger, "aber wieso sollte es auch heute anders sein als früher?"

Von Bruch nickte, und Werther hatte das Gefühl, als würde der Alte sehr gerne Konkretes über aktuelle Fälle erfahren, möglicherweise weil Goldfische und Gartenarbeit oder was auch immer nicht der Bringer waren oder er sich wünschte, um Rat gefragt zu werden. Riepertinger ging darauf allerdings nicht ein, sondern fragte:

"Nun, was führt Sie zu uns?"

"Der Fall Dombrowski."

Riepertinger nickte beinahe bitter, und in seinem Gesicht stand zu lesen: 'Was sonst?'

"Haben Sie in den letzten Monaten Zeit gefunden, sich damit zu beschäftigen?"

Riepertinger lachte auf. "Zeit", rief er aus, und es klang so, als sei allein die Vorstellung, sie könnten in ihrem Beruf möglicherweise einmal

Zeit haben, ein prächtiger Witz. Dann schaute er von Bruch ruhig an und sagte:

"Der Fall lässt Sie nicht los?"

"Was soll ich sagen?" entgegnete von Bruch. "Ich langweile mich nicht, sondern beschäftige mich mit den verschiedensten Dingen. Mir ist der Übergang in den Ruhe-stand nicht schwer gefallen. Sie wissen ja, Pensionäre haben nie Zeit. Aber Zeit zum Überlegen hat man doch, und in Bezug auf den Fall Dombrowski ist mir noch der eine oder andere Gedanke gekommen."

"Schön", lobte Riepertinger, und Werther fragte: "Worum ging es in dem Fall Dombrowski?"

"Nicht jetzt", rief Riepertinger ungewöhnlich energisch. Er war aufgesprungen.

"Pecchioli wartet."

"Oh, klare Worte", raunte der Alte zu Werther, "da will ich Sie nicht länger aufhalten." Er reichte Werther seine Karte und sagte: "Ich habe Sie gesehen, beim Polizeisportfest."

"Ja?"

"Im 10.000-Meterlauf, den Sie gewonnen haben, obwohl der andere einen Riesenvorsprung hatte."

"Man tut, was man kann."

"Sie geben nie auf."

Werther lachte. "Ich verstehe, was Sie meinen." Er erhob sich, steckte die Karte in die Tasche und reichte von Bruch die Hand.

"Wir werden noch über den Fall Dombrowski sprechen, ganz sicher."

"Das freut mich", sagte der Alte, aber Riepertinger war jetzt wirklich mit seiner Geduld am Ende.

"Genug der sportlichen und kriminalistischen Heldentaten, wir müssen los." Und tatsächlich verließen er und Werther das Büro, so dass der alte Kommissar etwas verloren in den Räumen zurückblieb, in denen er Jahrzehnte seines Lebens verbracht hatte.

Der Alte hatte Werthers Sieg viel zu hoch gehängt, um ihn in seinem Sinne interpretieren zu können. Die Erklärung war einfach: Werther war einer der Jüngsten gewesen, außerdem beherrschte er zwar Kampfsportarten, war aber anders als einige Kollegen kein Kraft-, sondern Ausdauersportler und die 10.000 Meter seine Paradedisziplin. Und auch seine Aufholjagd hatte einen ganz simplen Grund: Der Start erfolgte um 17 Uhr, und er hatte mittags unvorsichtigerweise noch eine Pizza gegessen, mit der er im ersten Drittel des Laufes zu kämpfen hatte, bis er richtig in die Gänge kam. Dann war er eben so schnell gelaufen, wie er konnte. Und hängen ließ er sich natürlich nicht, nur weil der andere einen Vorsprung hatte.

"Sei vorsichtig", sagte Riepertinger, nachdem sie in den Wagen gestiegen waren. "Sei nur ja vorsichtig bei dem Alten."

"Wieso?" fragte Werther.

"Ich krieche niemandem in den Arsch", erklärte Riepertinger, und Werther auf dem Beifahrersitz legte ihm beruhigend die Hand auf die Schulter und sagte treuherzig:

"Wer sollte denn so etwas glauben, Reinhard?"

"Aber er war wirklich der Beste. Ich habe unglaublich viel von ihm gelernt. Bis zum Tod seiner Tochter."

Riepertinger bog nach links ab, dann sprach er weiter.

"Sie ging auch in den Polizeidienst, und von Bruch riss die üblichen Sprüche: Eine begabte junge Frau, der das Leben offen steht. Und was tut sie? Sie geht ausgerechnet zur Polizei und so weiter. In Wirklichkeit war er stolz auf sie und darauf, dass sie in seine Fußstapfen treten wollte. Aber nach nicht einmal zwei Jahren ist sie im Dienst umgekommen. Im Nachhinein betrachtet war sie zu mutig gewesen."

Werther versuchte vergeblich, sich an den Fall zu erinnern, und Riepertinger fügte, als könne er Gedanken lesen, hinzu: "Das war vor deiner Zeit. Da warst du noch im tiefsten Preußen."

'Ja', dachte Werther, 'eine menschliche Tragödie in Süddeutschland, die in einer Wuppertaler Zeitung höchstens eine Randnotiz wert war, die er dann wohl überlesen oder wieder vergessen hatte.'

"Und der Mörder?"

"Wurde erschossen, nachdem er bei seiner Festnahme eine Waffe gezogen hatte."

'Natürlich', dachte Werther unwillkürlich.

"Danach war von Bruch genau genommen für den Polizeidienst untragbar, obwohl man in gewisser Weise sagen konnte, dass er noch besser wurde, weil er nur noch für seine Arbeit lebte. Untragbar war er trotzdem, weil er von nun an in jedem Fall persönlich betroffen war. Er sah in jedem Täter den Mörder seiner Tochter. Und was die Polizei braucht, sind Ermittler mit kühlem Kopf, keine Rächer."

"Ich verstehe", sagte Werther.

"Also gerate nicht in seine Fänge."

Werther nahm diese Warnung zur Kenntnis. Es erschien ihm sehr plausibel, was Riepertinger gesagt hatte. Es würde ihn allerdings keineswegs daran hindern, zu gegebener Zeit mit von Bruch über den Fall Dombrowski zu sprechen.

24

Sie trafen Pecchioli in seinem Büro an und stürzten ihn in helle Verzweiflung, obwohl sie ihm versicherten, die Angelegenheit hinsichtlich seiner Frau mit Diskretion zu behandeln. Er hatte seinen Angaben zufolge am Tatabend Kunden aus Mailand betreut, das heißt, er hatte, wie er sagte, mit ihnen in einem Lokal der Innenstadt gepflegt zu Abend gegessen und anschließend nicht vor einem Besuch des Hofbräuhauses zurückgeschreckt.

Werthers Ankündigung, sie würden diese Angaben überprüfen müssen, ließ Pecchioli erbleichen.

"Ich müsste lügen, wenn ich von florierenden Geschäften spräche. Wir halten uns so gerade über Wasser."

'Der auch?' dachte Werther. Entweder war die Wirtschaftslage wirklich beschissen, oder der Unternehmer an sich liebte es zu jammern.

"Und so verliere ich zwei meiner wichtigsten Kunden."

"Das kann ich nicht glauben", wandte Riepertinger ein.

"Das können Sie nicht. Schön. Aber die beiden sind Norditaliener. Und wenn ein Süditaliener wie ich etwas mit der Polizei zu tun hat - vergessen sie's. Sie wissen ja, was Norditaliener über uns aus dem Süden denken."

"So schlimm?" fragte Werther.

"Schlimmer."

'Mein Gott', dachte Werther. Er war sich in diesem Moment absolut sicher, dass er verloren in einer gottverlassenen Ecke von Attika herumtrabte, denn vor ihm saß kein Mörder, der sich kühl ein Alibi konstruierte, sondern ohne jeden Zweifel ein Mann, der sichtlich Angst davor hatte, Kunden zu verlieren.

"Wir verstehen Sie vollkommen", sagte er dann, "aber der Mann, der Ihre Geliebte und Ihre

Tochter auf dem Gewissen hat, wurde ermordet. Wir müssen Ihre Angaben überprüfen."

"Tun Sie, was Sie nicht lassen können."

"Das werden wir."

Im Präsidium gingen sie zur Weindorfer, die Italienisch in Wort und Schrift beherrschte und ihr Amtshilfeersuchen an die Mailänder Kollegen übersetzte. Dabei erfuhren Riepertinger und Werther auch, dass die lästige und aufwendige Suche in Sachen Tattoo-Aufkleber noch zu keinem Ergebnis geführt hatte. 'Erwartungsgemäß', dachte Werther.

"Ich hoffe, es dauert nicht zu lange", sagte Riepertinger, nachdem sie wieder in ihrem Büro waren, "obwohl…"

"…klar ist, dass Pecchioli die Wahrheit sagt."

"Ja, er hatte die Hose voll, aber nicht aus Angst vor uns, sondern aus geschäftlichen Gründen."

"Den Eindruck hatte ich auch. Stand der Dinge ist also: Auf jedes Motiv kommt ein Alibi, und wir stehen wieder ganz am Anfang."

"Abgesehen von der Siebert und Sager", wandte Riepertinger ein.

"Die Siebert kann ich mir nicht als Täterin vorstellen, wirklich nicht. Die ist exaltiert, aber völlig harmlos."

"Das sagst du so."

"Außerdem übersteigt die Geschichte mit dem Schwert ihre intellektuellen Möglichkeiten."

"Vielleicht."

"Du kannst ja in diese Richtung weiter ermitteln, wenn du willst."

"Was heißt du?

"Das bedeutet, dass ich - auch wenn ich im Moment keinen anderen klaren Weg sehe - nicht in die definitiv falsche Richtung marschiere."

"Gut, dann bleibt Sager."

"Der Mann geht am Stock."

"Und wenn die Geschichte mit Verena Sandner nur eine Finte war?"

"Du meinst, Sager hat sie auf Hessling angesetzt, um vom eigentlichen Täter abzulenken?" fragte Werther skeptisch.

"Ja, aber wohl um zu viele Ecken gedacht."

"Finde ich auch. Was würde das für einen Sinn ergeben?"

"Keinen", gab Riepertinger zu, "aber was schlägst du dann vor, Kollege Superklug?"

"Dass wir jetzt nach Hause gehen und morgen bei der Beerdigung Hessling die letzte Ehre erweisen."

"Die ist schon morgen?"

"Ja, klar, die Leiche ist längst freigegeben."

"Und?"

"Zwei Richtungen: Wir sollten Hesslings Bruder und seiner Geliebten weiter auf den Zahn fühlen und uns ansonsten mit dem Gedanken anfreunden, dass es um das Schwert Gottes geht, es sich bei dem Täter also um einen durchgeknallten Gerechtigkeitsfanatiker handelt und wir nicht die geringste Ahnung davon haben, wer das sein könnte. Alles andere wäre ja schließlich auch zu schön und einfach gewesen, um wahr zu sein."

"Anhaltspunkte?"

"Religiös motiviert, sonst keine."

"Schön, trotzdem einverstanden. Du gehst nach Hause, und ich spreche mit Helga Sieberts Nachbarn."

"Bestens, also bis morgen."

"Bis morgen, Werther."

Zu Hause versuchte er Laura zu erreichen, aber ihr Handy war abgeschaltet, und er hatte keine Lust, eine Nachricht auf ihrer Mailbox zu hinterlassen. Er zog sich um und lief eine weite Stecke im Englischen Garten, zum Aumeister und wieder zurück, wenn er heute schon so für seine läuferischen Qualitäten gelobt worden war. Er hatte sich ausgezogen und wollte gerade unter die Dusche, als das Telefon klingelte. Laura war am Apparat und sprach mit leiser Stimme. Sie erkundigte sich nach seinem Befinden, seiner Arbeit, und ja, das Wort unaufrichtig im

Zusammenhang mit ihrem Interesse an ihm wäre falsch gewesen, aber in ihrem Anruf, in ihren Worten und Fragen lag zumindest eine Spur von Pflichtbewusstsein, was ihn ernüchterte. Sie erwähnte mit keiner Silbe die Möglichkeit eines Treffens, und er stellte sich vor, wie sie ihr Handy angeschaltet und seinen Namen unter Unbeantwortete Anrufe gelesen hatte. Dann hatte sie gewartet, bis er, der andere, sich endlich vor den Fernseher gesetzt hatte, und sich dann in ihr Zimmer geschlichen, um ihn heimlich anzurufen. Das war einfach nur erbärmlich und so sagte er plötzlich freundlich und sanft, dass er durchgeschwitzt vom Laufen sei und unter die Dusche müsse. Er spürte deutlich, wie sie erschrak, obwohl sie ihn mit beinahe mütterlicher Sorge aufforderte, das umgehend zu tun, weil er sich ja sonst erkälten könnte, und ihm dann noch freundlich einen schönen Abend wünschte. "Dir auch", entgegnete er, wobei er fast "Euch auch" gesagt hätte. Dann duschte er und wollte anschließend nicht ins Bett gehen, solange seine Haare noch feucht waren. Er setzte sich auf das Sofa und gab sich seinen Gedanken hin, denn er hatte keine Lust zu lesen oder fernzusehen. Plötzlich kam ihm Bernd Hesslings Geliebte in den Sinn, und er sagte sich, dass es doch das Einfachste wäre, sich auch so eine süße, kleine, sexy Maus mit niedlichen Zöpfen zuzulegen. Dann schmunzelte er und dachte: 'Nein, so einfach wohl auch wieder nicht.'

25

Hesslings Beerdigung fand in kleinem Rahmen statt. Direkt hinter dem Sarg ging seine Mutter, die keinerlei Gefühlsregung zeigte, neben ihr Sohn Bernd, der sich, um sie gegebenenfalls zu stützen, bei ihr eingehängt hatte. Hinter ihnen schritten Hesslings Haushälterin und Sabine Weber. Bernd Hesslings Freundin und Assistentin trug ein dem Anlass angemessenes schwarzes Kostüm, das sie damenhaft-kühl erscheinen ließ, was ihr, fand Werther, nicht so gut stand. Bescheiden in der dritten Reihe folgte Helga Siebert, die noch einmal eindrucksvoll die Trauernde darstellte, bevor sie in Absprache mit ihrer Therapeutin loslassen würde. Ihre in schwarz gehüllte Körperfülle, der Hut mit Schleier, unter dem die Gesichtszüge einer Frau zu erahnen waren, die bei all ihrem unermesslichen Leid die Fassung gerade noch bewahren konnte, und das blütenweiße Taschentuch, mit dem sie sich immer wieder die Tränen von den Wangen tupfte - all das gab ihr tatsächlich etwas von einer südlichen Tragödin. Nun ja, vielleicht trauerte sie ja wirklich.

"Kommst du dir da nicht auch vor wie ein Voyeur?" fragte Werther Riepertinger, als sie den bescheidenen Trauerzug betrachteten.

"Wir machen unsere Arbeit, die allerdings auch schönere Seiten hat", entgegnete Riepertinger.

"Oh ja", bestätigte Werther. "Was haben eigentlich die Nachbarn gesagt?"

"Nichts Neues. Zwischen den beiden flogen die Fetzen, aber das wussten wir ja bereits. Und ja, in der letzten Zeit vor seinem Tod wurde Hessling dort nicht mehr gesehen. Was ja nichts heißen muss."

"Sie war es nicht. Vergiss es."

"Ich werde sie trotzdem noch einmal befragen."

"Aber im Zweifelsfall für die Angeklagte."

"Sowieso."

"Ich meine, wir sollten davon ausgehen, dass ihre Trauer echt ist, und sie heute alle in Ruhe lassen."

"Einverstanden."

In diesem Moment schüttete Helga Siebert Erde auf Meinolf Hesslings Sarg und trat dann gesenkten Blickes zur Seite. Auf sie folgten zwei Herren mittleren Alters, die möglicherweise, so dachte Werther, die offizielle Delegation der Belegschaft von Hesslings Firma waren. Von einer regen Anteilnahme der Mitarbeiter konnte jedenfalls keine Rede sein.

"Brauchst du mich heute?" fragte Werther.

"Nö. Du hast noch etwas zu erledigen?"

"Richtig, nach so vielen Überstunden."

"Wem sagst du das?"

'Wie bitte?', dachte Werther, 'wer war denn nun der Bodensee-Pendler und wer durfte sich an seinem Familienglück erfreuen?'

"Also dann bis morgen", sagte er schon im Gehen.

"Ja, bis morgen und grüß den Alten von mir."

Werther drehte sich noch einmal und lachte. "Bis dann, Riepertinger."

"Sie scheinen ja ganz schön in der Patsche zu sitzen", sagte von Bruch, "dass Sie schon jetzt hier auftauchen."

"Das nicht gerade, aber es wäre gelogen zu behaupten, dass wir das Ziel vor Augen hätten."

"Und da ist guter Rat erwünscht."

"Klar", bestätigte Werther lachend, wenn der Alte schon angeblich der Beste gewesen war.

"Dann kommen Sie herein."

Sie gingen hinein und von Bruch stellte Werther seiner Frau vor. Sie war in seinem Alter, etwas abgehärmt, ausgesprochen freundlich und begrüßte Werther herzlich. Als sie hörte, dass er Kriminalbeamter war, konnte sie ihre Freude kaum verhehlen. Es war immer eine Erleichterung zu sehen, dass der Partner endlich wieder einmal das bekam, was er brauchte. "Dann werde ich euch am besten alleine lassen", sagte sie schließlich, "Ihr wollt doch ganz sicher ein bisschen fachsimpeln."

"Ja, warum nicht", entgegnete ihr Mann, "machst du uns einen Kaffee?"

Seine Frage klang sympathisch, weil es eine wirkliche Frage und Bitte, keine selbstverständliche Anweisung war.

"Sie möchten doch einen Kaffee, oder?"

"Ja, gerne", sagte Werther lächelnd zu Frau von Bruch.

Sie ging in die Küche, und der Alte sagte:

"Setzen wir uns doch."

"Schön haben Sie es hier", lobte Werther, nachdem er Platz genommen hatte, und blickte sich im Zimmer um. Er sah die übliche Einrichtung von Menschen in von Bruchs Alter, an der sämtliche Neuerungen seit den achtziger Jah-ren spurlos vorübergegangen waren. Es erinnerte Werther ein wenig an das Haus seiner Eltern, auch wenn er die Wohnung der von Bruchs als weniger gemütlich empfand. Dafür hingen hier überall Fotos, die allesamt von Bruchs Tochter in den verschiedensten Lebensphasen zeigten. Oder wer sollte das Mädchen beziehungsweise die junge Frau sonst sein? Auf jeden Fall waren es sehr viele Fotos, so dass klar war, dass derjenige, der sie aufgehängt hatte und sie hängen ließ, nicht mit seiner Trauer abschließen wollte.

"Och ja, hier lässt es sich leben", bestätigte von Bruch, ohne sich auf das Thema einlassen zu wollen. Stattdessen fragte er: "Sie haben das Ziel also nicht vor Augen?"

"Ganz und gar nicht. Interessiert Sie der Fall?"

"Was für eine Frage?"

Dann erzählte Werther alles, was passiert war, unterbrochen nur einmal von Frau von Bruch, die den Kaffee brachte, für den sich Werther höflich bedankte. Schließlich resümierte er, dass - von Bernd Hessling und seinem wackligen Alibi einmal abgesehen - alles auf das Schwert Gottes hinauslaufe, also einen durchgeknallten, größenwahnsinnigen Gerechtigkeitsfanatiker.

"Ja, Sie sollten den Bruder im Auge behalten. Er hat ein schönes Motiv und sein Alibi ist - wenn Sie so wollen - zwar nicht im juristischen, wohl aber im kriminalistischen Sinne wertlos. Eine Geliebte als Entlastungszeugin schützt ihn, macht ihn uns aber kaum unverdächtiger. Fühlen Sie dem Mädel einmal ganz gründlich auf den Zahn."

"Ja, gerade jetzt, wo die persönlich betroffenen Racheengel ausscheiden."

"Andererseits würde mich das Auftauchen eines solchen Gerechtigkeitsfanatikers überhaupt nicht wundern. Ganz im Gegenteil erstaunt es mich, dass so etwas nicht öfter passiert, dass Terror heutzutage das ausschließliche Privileg religiöser Fanatiker zu sein scheint, während normalen und zugleich sensiblen Menschen anscheinend nie der Kragen platzt. Ich meine damit, dass ein bescheidener Geist, der blind für die Welt und andere ist, beispielsweise in unserem Land recht gut leben kann. Wer jedoch dazu neigt, unter der Ungerechtigkeit der Welt zu leiden, der muss doch wahnsinnig werden angesichts des Wahnsinns auf allen Ebenen. Sehen wir doch einfach einmal von solchen Geschichten wie faktisch unbestraften Todesfahrern vom Schlage Hesslings ab und konzentrieren wir uns auf die Weltpolitik, den Kampf Amerika gegen den Islam. Die Amerikaner massakrieren im Irak und Afghanistan Zivilisten, Männer, Frauen und Kinder, und wie verblödet muss man sein, um der in den deutschen Medien verbreiteten offiziellen Version zu glauben, dies seien bedauerliche Unglücksfälle und im schlimmsten Falle Fehler, begangen von im Prinzip guten Menschen, die der ganzen Welt die Freiheit schenken wollen?"

Werther musste daran denken, dass die amerikanische Luftwaffe kürzlich Häuser bombardiert und dabei Kinder getötet hatte und daraufhin ein amerikanischer Armeesprecher empört die Unmenschlichkeit der Feinde anprangerte, die sich unter Zivilisten geflüchtet hatten, so dass die Amerikaner die Zivilisten - Frauen, Männer und Kinder - umbringen MUSSTEN. Werther sah das anders und einfach: Mochte ein flüchtender Verbrecher auch noch so gefährlich sein - wenn er Schutz zwischen Passanten suchte, dann schoss Werther eben nicht.

"Und wenn es um den Umgang mit dem radikalen Islam geht", fuhr von Bruch fort, "ist die Welt ein Irrenhaus. Zeichnet irgendein Däne ein paar Karikaturen, dann steht die ganze islamische Welt Kopf, und wir im Westen diskutieren endlos darüber und entschuldigen uns demütig. Aber nach den Anschlägen von Madrid und London mit hunderten von Toten gehen wir blitzschnell zur Tagesordnung über. Das ist einfach grotesk. Es gibt nichts Schlimmeres als ungezielten Terror, das heißt den Versuch, einfach nur möglichst viele Menschen zu töten. Auch wenn es zynisch ist, Tote gegeneinander aufzurechnen: Baader-Meinhof hat seinerzeit viel weniger Menschen umgebracht, und die ganze Republik geriet damals aus den Fugen. Aber mit dem islamischen Terror haben wir uns abgefunden. Mit einem Wort: Unser Umgang mit dem radikalen Islam ist selbstmörderisch."

"Ja, klar", sagte Werther und blickte von Bruch an, "geht duschen, seid tolerant."

Von Bruch lachte auf. "Nun ja, so könnte man es mit sanfter Überspitzung formulieren. Aber in Wirklichkeit sind wir ja nur paranoid und haben Berührungsängste gegenüber dem Islam."

Werther ging auf von Bruchs letzte hämische Bemerkung nicht ein, sondern sagte: "Ich bin ganz Ihrer Meinung und verstehe, worauf Sie hinauswollen. Trotzdem: Wer unter der Ungerechtigkeit der Welt leidet, mordet nicht, sondern leidet still oder wird Schriftsteller oder geht zu Ärzte ohne Grenzen oder zur Polizei."

In diesem Moment fragte er sich, was passierte, wenn man einen solchen Kämpfer für die Gerechtigkeit plötzlich durch Pensionierung matt setzte. Was tat er dann? Möglicherweise mahnte er die Aufklärung des Falles Dombrowski an. Er sah von Bruch in die Augen und sagte:

"Es bleibt ein Widerspruch in sich, Mord und der Kampf für eine bessere Welt."

"Sie meinen Mord zur Bestrafung unbestrafter Täter, zumindest in dem Fall, mit dem Sie sich gerade befassen, falls wir auf der richtigen Spur sind."

"Wie dem auch sei", entgegnete Werther, "Spur ist das Zauberwort. Wir haben nämlich keine."

"Aber ein solcher Täter vermittelt eine Botschaft."

"Ja: Ich sehe mich größenwahnsinnig als Arm Gottes und strafe. Wie bringt uns das konkret weiter?"

"Keinerlei Zeugen?"

"Keine, die uns weiterhelfen. Hesslings Foto stand in allen Tageszeitungen, auf den Tatort wurde auf unseren Wunsch ausdrücklich hingewiesen, aber es kamen keinerlei brauchbare Hinweise aus der Bevölkerung. Die einzige wirkliche Spur bleibt das Schwert, dieses Tattoo. Und die hat uns bislang auch nicht weitergeführt."

"Die Frage ist: Wie findet man einen religiös motivierten Gerechtigkeitsfanatiker ohne Beziehung zum Opfer?"

Werther nickte.

"Wollen Sie meine offene Meinung hören?"

"Ja."

"Es bleibt einem nichts anderes übrig als zu hoffen, dass er beim nächsten Mord Spuren hinterlässt."

"Das ist sehr hilfreich, danke."

"Und vergessen Sie nicht. Wir sprechen über eine Hypothese. Lassen Sie also den Bruder nicht aus dem Auge."

"Natürlich nicht."

Später, als er auf dem Weg nach Hause war, fiel ihm ein, dass sie kein einziges Wort über den Fall Dombrowski gesprochen hatten.

Er kam gegen fünf, für seine Verhältnisse also ungewöhnlich früh nach Hause, zog sich um und fuhr mit seinem Mountainbike an der Isar entlang Richtung Norden nach Freising, obwohl die Sommerhitze auch im Schatten der Bäume drückend war. In der alten Bischofsstadt stieg er auf den Domberg, von wo aus er auf die Ebene in Richtung München blickte und dabei Laura übel nahm, dass sie fehlte. Nachdem er eine Viertelstunde träumend verweilt hatte, machte er sich auf den Rückweg. Die Temperaturen waren ein wenig zurückgegangen, so dass er schneller fuhr als auf dem Hinweg und Schwabing bei Anbruch der Dämmerung erreichte. Zu Hause duschte er und ging zu Bett. Der Anrufbeantworter hatte nichts zu berichten gehabt.

26

Am nächsten Morgen war Werther vor Riepertinger im Büro und konnte ihm so zur Begrüßung mitteilen, dass sie die italienischen Kollegen nicht im Stich gelassen, sondern umgehend die Zeugen befragt hatten. Schon am Vorabend war das Fax eingetroffen, mit dem in sehr schönem und nur an der einen oder anderen Stelle ungewollt lustigem Deutsch unmissverständlich die Aussagen Enrico Pecchiolis bestätigt wurden.

"Noch einer weniger", sagte Werther, "ich flirte jetzt mal mit der Weindorfer."

"Und ich noch mal mit der Siebert."

"Tu, was du nicht lassen kannst."

Die Weindorfer war wie Werther im zarten Alter von dreißig Jahren, die Vorstellung, sie würde mit irgendjemandem flirten, jedoch völlig abwegig. Dabei empfand er ihre vollendete Sachlichkeit keineswegs als unangenehm. Sie war nicht mürrisch einsilbig, also grantig, wie man in diesen Breiten sagte, sondern hegte vielmehr eine ausgeprägte Abneigung dagegen, sinnlos herumzupalavern, ein freilich wenig verbreiteter Charakterzug. Außerdem konnte oder wollte sie keine Emotionen zeigen, was sich für Werther in dieser Situation als ausgesprochen vorteilhaft erwies, da es so nicht einmal zu einem gepflegten Wutanfall kam. Sie sagte also nicht:

"Danke, Ihr Saftärsche, dass ich stundenlang die Anbieter suchen musste, die diesen grandiosen

Schwertaufkleber vertreiben. Besonders erfreulich war dabei, dass man sich erst zeitaufwendig registrieren lassen muss, bevor man die Gnade erfährt, sich anschauen zu dürfen, welchen Schrott genau einem die Stümper aufs Auge drücken wollen. Die besten Jahre meines Lebens habe ich dann mit dem nur partiell erfolgreichen Versuch vergeudet, die Torfnasen dazu zu bewegen, die Kundendaten der Schwert-Abnehmer herauszurücken. Und das, obwohl jeder, sogar geistige Tiefflieger wie ihr, weiß, dass ein Täter das Zeug nie unter Angabe seiner Personalien im Internet bestellen würde, sondern es lieber möglichst unauffällig im Kaufhaus erwirbt. Es hätte also genügt, mir, wie geschehen, einen ganzen Tag um die Ohren zu schlagen, um mir hier in Warenhäusern und einschlägigen Geschäften von den Verkäuferinnen und Verkäufern wie erwartet sagen zu lassen, dass sie sich an keinen Schwert-Tattoo-Käufer erinnern können."

In dieser Weise äußerte sie sich nicht. Sie sagte vielmehr, dass sie ebenso lücken- wie erfolglos den hiesigen Handel abgeklappert habe. Bei der aufwendigen und keineswegs immer unkomplizierten Internet-Recherche habe sie ein Dutzend Anbieter eruieren können, die einen solchen Tattoo-Aufkleber vertrieben. Die Hälfte davon sei auch bereit und in der Lage gewesen, ihr die entsprechenden Kundendaten zukommen zu lassen. Sich bei den anderen um eine richterliche Verfügung zu bemühen, hieße für sie jedoch, mit Kanonen auf Spatzen zu schießen, und könne sich zudem sehr lange hinziehen. Sie rate davon ab, zumal eine Internet-Bestellung ohnehin extrem unwahrscheinlich sei.

"Nein, das werden wir auch nicht machen", sagte Werther.

Dann gab sie ihm die Liste mit den Namen von etwa hundert Internet-Kunden, der Werther nun entnehmen konnte, dass beispielsweise ein gewisser Sven Lüttmann aus Cuxhafen glücklicher Besitzer eines Schwert-Tattoo-Aufklebers war. So richtig brachte ihn das allerdings auch nicht weiter.

"Wir werden diese Liste nicht abarbeiten. Sie wäre nur dann hilfreich und wirklich Gold wert, falls tatsächlich ein Verdächtiger darauf stehen würde. Wir werden sehen."

Die Weindorfer blickte ihn ernst an und nickte. Sie sagte nicht: "Logisch, dass ihr eure Zeit nicht mit sinnlosen Arbeiten verplempert. Es reicht ja völlig, wenn ich das tue."

Stattdessen sagte sie: "Ich kann meine Arbeit also als abgeschlossen betrachten?"

"Ja", sagte er, "und danke noch einmal, auch für die Übersetzung des Briefes. Wir haben prompt Antwort erhalten."

"Und?"

"Die haben das Alibi bestätigt."

"Das heißt, ihr seid wieder ganz am Anfang."

"Ja, das kann man so sehen."

Gegen Mittag erschien Werther bei der Firma Hessling. Bernd Hessling war nicht im Hause, wohl aber seine Freundin und Assistentin, die verändert wirkte. Als er sie sah, hatte er unwillkürlich den Eindruck, dass ihr damenhafter Auftritt bei der Beerdigung keine situationsbedingte Episode gewesen, sondern Sabinchen wirklich Sabine geworden war. Sie trug keine Zöpfe, was Werther bedauerte, dafür ein knielanges helles Kleid, mit dem sie sowohl in den Sommer als auch in das Ambiente einer seriösen Firma passte, und erteilte zwei Mitarbeitern gerade Anweisungen, als Werther eintrat.

"Oh, Sie", sagte sie, als sie ihn erblickte. Es schien, als wäre mit seinem Auftauchen auch Sabinchen zurückgekehrt.

"Grüß Sie", entgegnete Werther.

"Tut mir leid, aber Bernd ist nicht da."

"Das macht nichts, dann unterhalte ich mich eben ein wenig mit Ihnen."

Werther lächelte freundlich und entspannt.

"Wenn Sie meinen. Dann gehen wir doch am besten in sein Büro."

Sie nahm hinter Bernd Hesslings Schreibtisch Platz und fragte ebenso freundlich wie geschäftsmäßig: "Also gut. Wie kann ich Ihnen helfen?"

"Das ist eine gute Frage", entgegnete Werther. Er dachte daran, dass Frauen, was übernächtigtes Aussehen betraf, eindeutig im Vorteil waren, da sie mit Schminke arbeiten und die Spuren kaschieren konnten. Sabine Weber war das freilich nur bis zu einem gewissen Grade gelungen.

"Hilfe können wir auf jeden Fall gebrauchen, denn wir stehen nach wie vor am Anfang. Es gab einige, die ein Motiv hatten, aber sie haben alle Alibis wie beispielsweise auch ihr Freund und Partner."

"Das stimmt", erwiderte sie kühl, "ich war, wie ich Ihnen schon sagte, mit ihm zusammen." Dann lächelte sie und sagte: "Es war ein wunderschöner Abend."

Werther verstand genau, was sie meinte, und war ihr dankbar dafür, dass sie nicht, wie moderne Frauen es in Interviews gerne taten, gesagt hatte: "Wir hatten guten Sex." Igitt.

"Wir suchen jetzt nach anderen Motiven. Und vielleicht können Sie uns da wirklich weiterhelfen. Sie kannten ihn schließlich."

"Ja, beruflich, denn privat war er - wie ich, glaube ich, auch schon sagte - ein entsetzlicher Langweiler."

"Ja, gab es Motive, beruflich, geschäftlich?"

"Ach Quatsch. Natürlich ist die Konkurrenz hart, aber in unserer Branche bringt man keinen Mitbewerber um."

"Hm. Und wie läuft es jetzt? Hat sich alles eingespielt?"

"Es läuft mittlerweile hervorragend. Wissen Sie, Meinolf war ein ausgezeichneter Fachmann, aber Bernd kann führen."

Sie lächelte, und er verstand. Sie ließ sich gerne von ihm führen.

"Er ist sozusagen der geborene Chef."

"Das kann man so sagen."

"Und wo finde ich ihn?"

"Er wollte zu seiner Mutter. Es gibt nach Meinolfs Tod so viel zu besprechen. Aber wenn Sie Pech haben, ist er schon auf dem Rückweg, und Sie fahren aneinander vorbei."

"Dann werde ich mal mein Glück versuchen", sagte er und erhob sich. "Ich danke Ihnen."

Die Haushälterin bestätigte, dass Hessling noch da sei, und führte Werther ins Haus, aber als er die Bibliothek betrat, die der alten Dame zugleich als Arbeitszimmer diente, da hatte er das Gefühl, indiskret zu sein, etwas Intimem, geradezu Verbotenem beizuwohnen, denn Frau Hessling saß hinter ihrem großen Schreibtisch, während ihr Sohn in leicht gebückter Haltung, eine Spur demütig fast, neben ihr stand und den Eindruck erweckte, als sei er zum Rapport bestellt und erstatte Bericht. Kurz: Er bot ein Bild, das Sabinchen sicher nicht gefallen hätte, aber als er Werther sah, richtete er sich unwillkürlich auf und grüßte mit dem souveränen Lächeln, das Werther bereits an ihm kannte.

"Herr Kommissar, was führt Sie zu uns?"

"Ich sehe, ich störe", sagte Werther, "aber ich brauche Sie nur für ein paar Minuten."

"Mich?" fragte Hessling.

"Ja."

"Gut, dann gehen wir doch am besten nach draußen", sagte Hessling, "du entschuldigst doch, Mutter?"

Sie sah ihrem zweiten Sohn und dem Polizeibeamten hinterher, als diese das Zimmer verließen.

Die Männer traten hinaus in den Sommertag, und Hessling wirkte erleichtert.

"Setzen wir uns doch", sagte er und deutete auf die zwei hässlichen Bänke vor dem Haus, auf denen sie dann so Platz nahmen, dass jeder eine Bank für sich hatte. Die Sonne beschien sie hier mit voller Kraft, dennoch zündete sich Hessling eine Zigarette an.

"Es ist manchmal nicht einfach mit der alten Dame", sagte er.

"Sie scheint ein Mensch mit sehr klaren Vorstellungen zu sein", bestätigte Werther und blickte Hessling an, der an seiner Zigarette zog, den Rauch inhalierte und wieder ausblies.

"Richtig, und Innovation und Neuerungen gehören sicher nicht dazu. Damit tut sie sich schwer."

Werther lächelte. "Mit Ihrem Bruder tat sie sich leichter."

"Ganz sicher. Mein Bruder bewegte sich auch gerne auf ausgetretenen Pfaden, auf denen man in unserer Zeit aber leicht den Karren an die Wand fahren kann."

"Und Sie ziehen jetzt die Notbremse?"

"So dramatisch ist es auch wieder nicht. Ich mache, was getan werden muss."

"Aber das Sagen hat sie."

"Jein. Theoretisch schon, praktisch kann sie in letzter Konsequenz nichts anderes machen, als den eigenen Sohn hinauszuschmeißen und durch einen Fremden zu ersetzen. Und das tut sie natürlich nicht. Das heißt, ich ziehe mein Ding durch, ohne mit ihr auf Konfrontationskurs zu gehen, und das ist mit viel Überzeugungsarbeit verbunden und sehr viel Geduld. Wenn ich daran denke, wie lange ich heute schon…"

"…auf sie einrede."

Hessling lachte. "So können Sie es nennen." Dann blickte er zu Werther und sagte: "Es ist ja schön, dass Sie ein so großes und warmes Interesse an den Geschicken unserer Firma zeigen, aber was führt Sie konkret zu mir?"

"Genau das, wovon Sie gerade gesprochen haben, nämlich dass wir neue Wege beschreiten müssen, weil es nicht so einfach ist. Ich sage Ihnen ganz offen, wir dachten, das sei ein Fall, von dem man als Kriminalist nur träumen kann. Ihr Bruder hat zwei Menschen totgefahren und andere in tiefste Verzweiflung gestürzt, aus der man sich am allerbesten mit Wut retten kann. Und wir klappern jetzt einfach die Angehörigen und Freunde der Unfallopfer ab und haben den Täter."

"Nahe liegend."

"Nein, zu schön, um wahr zu sein. Wir können dieses Motiv vergessen, denn alle haben wasserdichte Alibis."

"Alle?"

Werther lächelte. "Ja, wirklich alle."

"Und jetzt suchen Sie nach anderen Motiven?"

"Richtig."

"Und dabei soll ich Ihnen helfen?"

"Können Sie's?"

Hessling schüttelte den Kopf. "Die Einzige, die mir wirklich einfiele, ist seine skurrile Freundin, mit dem er eine Zeitlang zusammen war. Der hat er schließlich den Laufpass gegeben. Aber ob dieses verrückte Huhn zu einem Mord fähig ist und noch dazu zu einem solch brutalen? Sie sagten ja, er wurde niedergeschlagen und mit seinem Auto überrollt."

"Glaube ich, offen gesagt, auch nicht."

"Da sind wir uns ja einig, aber sonst fällt mir wirklich nichts und niemand ein."

Werther sah Hessling an, und der lachte plötzlich auf.

"Sie meinen, abgesehen von mir."

Nun schaute er den Kommissar ebenso schmunzelnd wie prüfend an, als wolle er ihn dabei ertappen, absurden Vorstellungen nachzuhängen, dann sagte er:

"Sie sind doch ein intelligenter Mensch."

'Mein Gott', dachte Werther, 'wenn mir jemand schon so kommt.'

"Und vor allem sind Sie nicht blind." Er deutete auf das Haus. "Sie haben doch gerade gesehen, was ich gewonnen habe."

"Sie meinen, der Schauplatz der Gefechte habe gewechselt, von der Firma hierher."

Hessling zog noch einmal an seiner Zigarette, dann trat er sie aus, hob den Stummel wieder auf, um ihn an anderer Stelle zu entsorgen, und sagte:

"Genau erkannt. Im Prinzip diskutiere ich genau das mit meiner Mutter aus, was ich früher mit Meinolf ausdiskutieren musste. Mit dem gravierenden Unterschied, dass mein Bruder kein Betonkopf war, meine Mutter ist härter."

"Mit ihm war es einfacher?"

"Und ob." Hessling lächelte. "Und noch etwas unter uns Gebetsschwestern. Sabine ist auf gar keinen Fall zu unterschätzen. Egal ob es mein Bruder war oder ob es unsere Kunden sind, dieses selbstgefällige und raffgierige Einkäuferpack, - Sabines Kombination von weiblichen Reizen und mädchenhafter Bewunderungshaltung, das kommt einfach so genial."

"Klar, es gibt sicher Männer, die sich dadurch manipulieren lassen."

Hessling lachte. "Besser gesagt, es gibt Männer, die glauben, sie würden sich dadurch nicht manipulieren lassen."

Werther lächelte. "Es gefällt Ihnen sehr, oder?"

"Ich finde, jetzt gehen Sie zu weit", entgegnete Hessling beinahe scharf, "ich kann sehr wohl zwischen Schauspielerei mit einfachen, aber wirkungsvollen Mitteln und echter, umfassender Hingabe unterscheiden."

"Ich verstehe, was Sie meinen."

"Schön, und wenn Sie sich schon so rührend um meine Angelegenheiten kümmern, sage ich Ihnen eines in Ihrer Sache. Sie wollen es sich schon wieder zu einfach machen und verschließen sich der Erkenntnis, dass Sie es mit einem Wahnsinnigen zu tun haben. Der liest die Zeitung, ärgert sich und macht sich dann auf, um mit viel Blut die Welt zu verbessern. Und um Ihre Aufgabe, den zu finden, beneide ich Sie nicht."

In diesem Moment klingelte Werthers Handy, er meldete sich, erfuhr, dass und wo eine Tote aufgefunden worden war, sagte, dass er direkt komme, und wandte sich dann wieder an Hessling.

"Ich muss weg, aber wir waren ohnehin fertig. Sehr aufschlussreich und interessant, was Sie sagten."

"Ja, man kann recht angenehm mit Ihnen plaudern, ich meine, unter anderen Umständen…"

"In diesem Sinne: Sie hören von mir."

27

Dann stieg Werther in seinen Wagen und war zwanzig Minuten später am Tatort. Vor einem neu erbauten Einfamilienhaus in einem südlichen Vorort standen Riepertingers Wagen, der alte Mercedes von Dr. Schober und ein Streifenwagen. Da er die Besitzer der Wagen nicht sah, ging er hinter das Haus, wo sie dann auch alle standen. Dort lag auch die Tote, eine elegant gekleidete Frau Mitte vierzig, mit seltsam verrenktem Kopf unter dem Fenster, das sich im zweiten Stock direkt unter dem Dach befand. Werther grüßte die anderen, dann blickte er noch einmal nach unten und oben und sagte: "Nun ja, Steinboden, aber zweiter Stock, reicht das?"

"Wenn man mit dem Kopf nach unten stürzt, sicher."

"Also kein Selbstmord." Natürlich sprangen immer mal wieder Leute in die Tiefe, aber sich ein so niedriges Stockwerk auszusuchen, um sich mit dem Kopf nach unten aus dem Fenster zu stürzen, lag über seiner Vorstellungskraft.

"Wohl nicht", sagte Riepertinger und deutete auf die weiße Wand.

"Warum lässt Gott das zu?" stand dort geschrieben, und Werther blickte auf die Tote, auf ihre Arme, und da war es, das Schwert Gottes.

"In Ordnung", sagte Werther. Es war genau das eingetreten, was sie befürchtet hatten. "Wer hat sie gefunden?"

"Ihre Töchter", antwortete der Uniformierte, "als sie aus der Schule nach Hause kamen."

"Wann war das?"

"Ich bin um 14.13 Uhr hierher gerufen worden und war zehn Minuten später da."

"Dann werden Sie wohl unmittelbar zuvor angerufen haben. Wir werden das überprüfen."

"Der Kollege sagt", mischte sich nun Riepertinger in das Gespräch, "dass die Töchter seltsam unberührt blieben."

"Ja", sagte der Streifenpolizist, "das fand ich fast noch entsetzlicher als den Anblick der Toten. Wissen Sie, die Mädchen wirkten wie Passanten, die, was Sie sicher auch kennen, fasziniert davon waren, nach all den Fernsehtoten mal eine richtige Leiche zu sehen."

'Natürlich', dachte Werther, glücklicherweise gab es schließlich im wirklichen Leben viel weniger Morde als im Fernsehen, wo auf allen Kanälen unentwegt entleibt wurde.

"Vielleicht standen sie einfach nur unter Schock."

"Ja, vielleicht."

"Wie alt sind die Kinder?"

"Vierzehn."

"Zwillinge?"

Der Streifenpolizist nickte.

"Todeszeitpunkt vor drei bis vier Stunden, also zwischen elf und zwölf", sagte Schober plötzlich, der die Leiche gewendet hatte. Werther blickte sich um. Ja, hier waren ein Zaun und Bäume und das Grundstück nur schwer einzusehen.

"Und hier im Nacken ist ein Bluterguss, der mit hoher Wahrscheinlichkeit nicht vom Sturz stammt. Ihr könnt davon ausgehen, dass sie niedergeschlagen worden ist."

"Und dann mit dem Kopf nach unten aus dem Fenster gestürzt wurde."

Riepertinger lächelte bitte. "Wie sonst?" fragte er rhetorisch. "Sie heißt übrigens Eva Berger, und wir kennen sie."

"Wie bitte?" fragte Werther verblüfft.

"Ja, es war einer der unangenehmsten Fälle überhaupt. Aber davon später. Lass uns jetzt mit den Mädels reden." Dann wandte er sich an den Gerichtsmediziner.

"Danke, Schober."

"Ihr hört von mir", versprach der, und Riepertinger und Werther gingen ins Haus. Sie traten ins Wohnzimmer, wo die Zwillingsschwestern auf dem Sofa saßen. Eine blätterte in einer Zeitschrift, die andere war mit ihrem Handy beschäftigt. Sie hatten beide zum Pferdeschwanz gebundene lange, blonde Haare und Topps, die eine zur Jeans, die andere zu einem weißen Rock. Sie sahen niedlich aus.

"Sie sind also jetzt die Kommissare und verhören uns", sagte das Mädchen, das links saß, eine Jeans trug und von seinem Handy aufblickte. Ihre Schwester legte die Zeitschrift beiseite.

"Ja und nein", antwortete Werther, "wir wollen euch lediglich ein paar Fragen stellen, falls ihr jetzt dazu in der Lage seid, Fragen zu beantworten."

"Natürlich sind wir dazu in der Lage", sagte die, die schon zuvor gesprochen hatte.

Die beiden Beamten nahmen den Mädchen schräg gegenüber in Sesseln Platz, dann fragte Riepertinger freundlich:

"Wie heißt ihr?"

"Ich bin Nadine Berger, und meine Schwester heißt Alexandra." Nadine war also die Gesprächige, Alexandra die Schweigsame.

"Ich bin ein wenig überrascht", bemerkte Werther. "Fast könnte man den Eindruck gewinnen, dass euch der Tod eurer Mutter nicht besonders nahe geht."

"Sie glauben doch nicht im Ernst", erwiderte nun zu seiner Überraschung Alexandra, "dass wir Ihnen unsere Gefühle zeigen."

Das saß. "Gut", sagte Werther, "wie lange wart ihr in der Schule?"

"Bis kurz nach eins."

"Und dann?"

"Dann sind wir direkt mit dem Bus nach Hause gefahren."

"Wann wart ihr hier?"

"So um zwanzig vor zwei."

"Und wann habt ihr die Polizei benachrichtigt?"

"Um kurz nach zwei."

"Warum erst dann?"

"Wir haben sie nicht direkt gefunden. Sie lag schließlich hinterm Haus."

"Und wie habt ihr sie gefunden?"

"Sie war nicht da, also haben wir uns selbst Brote geschmiert und wollten damit in den Garten. Und da haben wir sie dann gesehen."

Werther nickte.

"Wisst ihr, ob eure Mutter Feinde hatte?" fragte Riepertinger.

"Ja", antwortete Alexandra, "einen, unseren Vater."

"Aber der war's nicht", erklärte Nadine, "der ist erstens zu sensibel und zweitens arbeitet er."

In den Worten, mit denen sie ihren Vater zu sensibel nannte, lag weder Mitgefühl noch Verachtung. Sie sagte es völlig sachlich.

"Ob er zur Tatzeit wirklich gearbeitet hat, können wir ja leicht überprüfen", sagte Riepertinger, und Werther fragte: "Euer Vater lebt nicht mehr bei euch?"

"Nein, unsere Eltern sind seit zwei Jahren geschieden."

"Ist euch an eurer Mutter in letzter Zeit etwas aufgefallen. War sie nervös, beunruhigt oder ängstlich?"

"Nein, überhaupt nicht beunruhigt und ängstlich und nicht nervöser als sonst."

"War eure Mutter berufstätig?"

"Nein, sie hat sich um uns gekümmert."

"Wirklich?"

"Ja, auch."

"Und sonst, womit hat sie sich sonst beschäftigt?"

"Ich denke, mit Männern." Das kam von Nadine und klang jetzt wirklich verächtlich. Mit Männern beschäftigte sich Frau einfach nicht.

"Früher war sie", ergänzte Alexandra, "im Rotary-Club, aber da wollte man sie nicht mehr nach der Sache mit dem Au-Pair, aber das wissen Sie ja sicher."

Riepertinger nickte. "Euer Au-Pair-Mädchen kam aus Rumänien und hat sich umgebracht?"

"Ja", sagte Nadine, "die war ziemlich nervig. Hat alles zu ernst genommen."

"Das sollte man nicht tun", bemerkte Werther und blickte sie ausdruckslos an.

"Unsere Mutter war auch nicht eben nett zu ihr", verteidigte Alexandra die Selbstmörderin, aber ihre Schwester widersprach.

"Wie willst du das beurteilen können? Du warst erst zehn. Und wenn ich als Au-Pair arbeite, muss ich auch was einstecken können. Ein Au-Pair ist ein Dienstmädchen und keine Prinzessin."

Alexandra verzog angewidert das Gesicht. Sie empfand die Belehrungen ihrer Schwester wohl als anstrengend. Dann blickte sie auf die Uhr und wandte sich an die Beamten.

"Noch Fragen?"

"Ihr habt einen Termin?" fragte Werther.

"Ja, ich weiß nicht, ob wir das jetzt tun sollten, aber normalerweise gehen wir am Donnerstagnachmittag immer reiten. Wenn wir nur hier herumsitzen und grübeln, werden wir wahnsinnig."

"Das verstehen wir", sagte Werther, "sonst wären der Schmerz und die Trauer unerträglich."

Er sah Nadine an, die seinen Blick hasserfüllt erwiderte.

Sie ließen sich die Adressen des Vaters geben, beruflich und privat, dann waren die Zwillinge entlassen, schwangen sich auf ihre Räder und fuhren zum Reiten.

"Das sind ja Früchtchen", rief Werther, der ihnen durchs Fenster hinterher geblickt hatte, "wo sind die Brote?" Natürlich waren sie weder in der Küche noch in anderen Zimmern noch im Müll. Die kleinen Monster hatten sie einfach gegessen. Oh, mein Gott.

Sie inspizierten noch die Wohnung, ohne Kampfspuren oder anderes zu entdecken, was für sie von Belang gewe-sen wäre. Genaueres würden dann gegebenenfalls die Jungs von der Spurensicherung ermitteln.

"Lass uns einen Kaffee trinken gehen", sagte Riepertinger schließlich. Werther war einverstanden. Es gab das Schwert Gottes, daher schien es nicht so dringend, mit dem Vater der süßen Kleinen zu sprechen. Sie fuhren jedoch schon in seine Richtung und setzten sich in Haidhausen, wo er wohnte, in ein Straßencafé.

"Den Fall hier", begann Riepertinger, "habe ich noch gemeinsam mit dem Alten bearbeitet. Es war sein vorletzter Fall, vor dem Fall Dombrowski, und er hat ihn sehr verbittert und mich eigentlich auch." Riepertinger sah auf seinen Milchkaffee, trank dann einen Schluck und fuhr fort. "Nun, ich kenne die Adresse, die uns Bergers Töchter gegeben haben. Die Wohnung ist hier ganz in der Nähe und liegt im fünften Stock. Von dort, aus dem fünften Stock eben, stürzte vor vier Jahren das rumänische Dienstmädchen der Familie Berger in den Tod."

"Und Schuld war Frau Berger?"

"Ohne jeden Zweifel. Unklar war lediglich, inwieweit juristische oder - in Anführungsstrichen - "nur" moralische Schuld vorlag. Es ging ganz konkret um die Frage, ob die Berger ihr Dienstmädchen aus dem Fenster gestoßen hatte. Nicht zuletzt aufgrund der Hartnäckigkeit des Alten kam es zum Prozess, in dem sie allerdings aus Mangel an Beweisen freigesprochen wurde."

"Also im Zweifelsfalle Selbstmord."

"Ja."

"Aber in den hätte die Berger das Mädchen getrieben."

"Ja, ganz sicher."

"Woher weißt du das?"

"Es ergab sich aus allem, was in Bergers eigenen Aussagen und denen ihres Mannes zwischen den Zeilen stand, allerdings nicht nur dort. Von Bruch hatte selbst die beiden zehnjährigen Mädchen erbarmungslos und zugleich durchaus geschickt in die Mangel genommen und dabei so einiges erfahren, was zwar nicht die juristische, wohl aber die moralische Schuld der Berger unterstrich. Deswegen haben ihm ihre Anwälte auch eine Dienstaufsichtsbeschwerde aufs Auge gedrückt, keine Bagatelle übrigens für ihn, wenn er nicht kurz darauf ohnehin in Pension gegangen wäre."

"Das heißt, er schied sozusagen mit dem Freispruch für die Berger aus dem Polizeidienst aus."

"Ja, mit diesem Freispruch und dem Fall Dombrowski."

"Das muss sehr frustrierend für ihn gewesen sein."

"Nicht nur für ihn. Dass die Berger aus der ganzen Geschichte unbeschadet herausgekommen ist, war wirklich ein Hohn."

'Jetzt nicht mehr', dachte Werther, und Riepertinger fuhr fort:

"Die hat das Mädel erst einmal völlig ausgebeutet. Die junge Rumänin musste ständig arbeiten, hatte keine Minute Freizeit, nie freie Tage. Dann wurde das Mädchen nicht bezahlt, zumindest nicht monatlich, sondern die gesamte Entlohnung wurde für das Ende des vereinbarten

Zeitraums, es waren, glaube ich, drei Jahre, in Aussicht gestellt. Ob die Berger nun überhaupt zahlen wollte, ist dabei gar nicht die Frage. Entscheidend ist, dass sie so die Abhängigkeit verschärfte. Und natürlich, bestraft, misshandelt aufgrund irgendwelcher Kleinigkeiten oder einfach aus Launen der Berger heraus, wurde das arme Mädel natürlich auch. Kurz: Sie wurde wie eine Sklavin gehalten."

"Unfreiwillig", bemerkte Werther.

"Natürlich."

"Warum lässt ein Mensch das mit sich machen?"

"Das habe ich mich auch gefragt. Oder um die Frage anders zu stellen: Wie konnte die Berger das machen? Sie ist gar nicht so schwer zu beantworten. Zuerst einmal hat sie vorher drei Hausangestellte nach kurzer Zeit entlassen. Das heißt, wenn ein Dienstmädchen Grenzen setzte, hat sie einen Konflikt provoziert und es dann mit der Begründung entlassen, es sei impertinent, habe angeblich geklaut oder was auch immer. Und Papi Berger - wie das Töchterlein richtig sagte, sensibel im Sinne von weich und schwach, zumindest gegenüber der Gattin - hat das Ganze abgenickt, wenn er überhaupt gefragt wurde. Bis die Berger dann schließlich ein Mädchen fand, das so war, wie sie wollte: kein bisschen selbstbewusst, ängstlich, das aufgrund seiner familiären Verhältnisse nicht ohne Geld zurückkehren konnte. Eine für München beschämend schlechte Bezahlung ist in der Summe für Rumänien eben doch ein Batzen

Geld. Und das Entscheidende ist wohl auch, dass sich die Werte verschieben, und zwar für Täter und Opfer. Um ein noch traurigeres Beispiel anzuführen: Ein hungernder KZ-Häftling stiehlt eine Scheibe Brot und wird für dieses - in Anführungszeichen - "Verbrechen" unmenschlich brutal bestraft. Dabei ist es, so grotesk es auch klingt, durchaus möglich, dass sich auch das Opfer selbst wie ein Verbrecher fühlt, weil sich die Werte so extrem verschoben haben."

"Ich verstehe, was du meinst."

"Und das Ganze wird natürlich ein schleichender Prozess gewesen sein. Sie wird das Mädel nicht schon zur Begrüßung geohrfeigt haben."

Werther nickte. "Das war sicher auch eine harte Geschichte für euch."

"Ja, das war es, besonders für den Alten. Für ihn war es völlig irrelevant, ob die Berger das arme Dienstmädchen nun tatsächlich aus dem Fenster gestoßen hatte."

"Ich verstehe. Sie hatte seine rumänische Tochter auf dem Gewissen, so oder so, und nur das zählte."

"Genau. Und das ist auch der Unterschied zwischen ihm und mir. Ich bin Polizeibeamter und finde mich - wenn auch schweren Herzens - damit ab, dass wir eben nichts machen können, solange keine juristische Schuld nachzuweisen ist, denn wo fängt es an und wo hört es auf. Nehmen wir die alte Geschichte: Ein sensibles junges Mädchen verliebt sich kompromisslos in einen Mann, der sich mit ihr nur vergnügt und sie dann verlässt. Sie bringt sich um. Soll ich den jetzt einkasteln?"

Nun ja, der Vergleich hinkte so gewaltig, dass Werther unwillkürlich an den freundlichen Konstanzer Kollegen und dessen Tausendfüßler mit den Holzbeinen denken musste, denn diese Liebesgeschichte war alles andere als eindeutig. Es gab genügend verzweifelte Romantikerinnen und Romantiker, die sich ihre Opfer suchten, denen sie ihre gesammelten Sehnsüchte und Träume erbarmungslos aufs Auge drückten und die natürlich Schuld waren, wenn sie die Wünsche nicht umfassend bedienen konnten und wollten, also nicht dem Ideal entsprachen, und sich diesem ganzen Stress schließlich entzogen. Die soziale Notlage eines anderen auszunutzen, um ihn auszubeuten und seinem Sadismus an ihm freien Lauf zu lassen, war da schon eine ganz andere Sache.

Riepertinger betrachtete Werther und fragte: "Überlegst du, wen von uns beiden du sympathischer findest?"

'Ein sonderbares Konkurrenzdenken', dachte Werther, der Chef und Alleskönner von Bruch musste Riepertinger seinerzeit schon arg zugesetzt haben.

"Dich, Reinhard", sagte er, "ich habe dich viel lieber als ihn." Er schaute Riepertinger dabei treuherzig an, unterließ es aber, ihn zu streicheln. Und dann fügte er ganz nebenbei hinzu, als sei es ohne Belang oder als würde er die Kellnerin freundlich um den Zucker bitten, falls sie ihn vergessen hatte.

"Der Unterschied zwischen euch ist einfach der: Du hast nicht das Zeug zum Schwertmörder, er schon."

Riepertinger schaute ihn entgeistert an. "Du meinst,…"

"Ich meine, dass jetzt vor allen Dingen eines interessiert: Gibt es im Fall Dombrowski eine Art Eva Berger, das heißt einen Verdächtigen und eindeutig moralischen Schuldigen, dem aber nichts nachzuweisen war."

"Nein, im Fall Dombrowski gab es keinen wirklich Verdächtigen."

"Ganz sicher?"

"Im Fall Dombrowski gab es sozusagen nichts."

"Gut, dann brauchen wir keinen Personenschutz."

"Willst du damit sagen…"

"Ich will sagen, dass wir zahlen und dann dieses Weichei von Vater befragen sollten. Aber bevor ich es vergesse: Was war eigentlich mit der Siebert?"

"Nichts, nichts Neues. Und du hast ja Recht. Sie war es sicher nicht."

"Zumindest hat sie jetzt im Fall Berger ein perfektes Alibi."

28

Sie zahlten, brachen auf und trafen Berger in dessen Wohnung an. Sie befand sich drei Straßen weiter, lag, wie Riepertinger bereits gesagt hatte, im fünften Stock und war sehr geräumig. Bis vor drei Jahren hatte die Familie Berger darin gewohnt und dann - ohne den Vater - das Haus bezogen, das sie am Stadtrand gebaut hatten und hinter dem Frau Berger tot aufgefunden worden war. Die Trennung der Ehegatten hatte sich, was gewissermaßen praktisch war, genau zu dieser Zeit vollzogen, so dass Berger einfach in der alten Wohnung geblieben war, von deren sechs Zimmern er nun jedoch drei an Studenten untervermietet hatte. Auch ein Wirtschaftsjurist wie er konnte den Unterhalt für eine Frau und zwei Töchter schließlich nicht aus dem Ärmel schütteln.

Die Aussagen Bergers zum Mord an seiner Frau waren kurz und präzise. Nein, Feinde habe sie keine gehabt, auch wenn sie nicht bei allen beliebt gewesen sei. An dieser Stelle hielt er kurz inne, als frage er sich, ob er sich bei den Beamten über sein hartes Los als Eva Bergers Ehemann in vergangener Zeit beklagen solle, unterließ dies aber glücklicherweise.

Stattdessen führte er aus, dass er noch Kontakt mit seinen Töchtern habe, wenn auch leider nur sporadisch, seine Ex-Frau habe er jedoch seit dem Scheidungstermin nicht mehr getroffen. Er könne daher nicht sagen, ob sie in letzter Zeit beunruhigt oder verängstigt gewesen sei. Da er ganz sicher zum Kreis der Verdächtigen zähle, weise er darauf hin, dass er heute den ganzen Tag in der Kanzlei gearbeitet habe, was seitens der Beamten auch leicht zu überprüfen sei.

Dann sprach Werther den traurigen Tod des Dienstmädchens an, und Berger wurde nachdenklich.

"Sie hat sie sicher nicht aus dem Fenster gestoßen, aber auf alle Fälle hat sie schwere Schuld auf sich geladen", sagte er und klang dabei wie ein Pastor. Er führte dann mit einigen Sätzen aus, wodurch seine Ex-Frau Schuld auf sich geladen hatte, und deutete an, wie sehr ihn der Tod der jungen Frau belastet habe. Bemerkenswert fand Werther, dass er mit keiner Silbe seine Mitschuld ansprach.

"Und wo ist sie gestorben?" fragte Werther.

"Sie meinen, in welchem Zimmer?"

"Ja."

"Kommen Sie mit."

Berger führte Werther in ein Zimmer, das offensichtlich von einer Frau bewohnt war, einer Studentin, an die er untermietet hatte, wahrscheinlich durfte er ihr Zimmer in ihrer Abwesenheit gar nicht betreten, aber sie gingen doch zum Fenster, Berger öffnete es sogar, so dass Werther hinunter auf die Straße blicken konnte.

"Ja, hier war es", sagte Berger leise und senkte den Kopf. Das Leben war hart und schwer, wollte er wohl zum Ausdruck bringen, und Werther hätte ihm in die Fresse schlagen oder zumindest kotzen können.

Im Mordfall Berger brachte sie das Gespräch nicht weiter. Natürlich würden sie sein Alibi überprüfen, routinemäßig, aber eigentlich wäre das überflüssig, weil es das Schwert Gottes gab. Der Text der Aufschrift auf Hesslings Wagen "Warum lässt Gott das zu?" war - auf welchem Wege auch immer - in die Zeitungen gelangt, aber von dem Schwert war mit keiner Silbe berichtet worden. Davon wussten nur diejenigen, die mit dem Fall betraut und am Tatort waren. Der Mörder musste also in beiden Fällen derselbe sein, Trittbrettfahrer konnte man ausschließen. Reine und zugleich enorme Zeitverschwendung wäre es gewesen, erneut und diesmal in Rumänien nach Rächern zu suchen, denn die Vorstellung wäre völlig abwegig: Der Vater des Mädchens beispielsweise fährt nach Deutschland, ermordet Hessling, klebt ihm das Schwert auf den Arm, wartet dann entspannt zwei Wochen und stürzt dann die Schuldige am Tod seiner Tochter aus dem Fenster, auch sie geschmückt mit dem Schwert. Mit solchen absurden Vorstellungen gaben sie sich nicht ab. Werther machte dagegen noch am selben Abend etwas ganz Anderes: Nachdem er nach Hause gekommen war, ging er ins Internet, googelte eifrig und stieß nach fast zwei Stunden auf etwas, was derart unglaublich war, dass er direkt Rieperinger anrief, ihn also aus dem Feierabend riss und sagte: "Wir brauchen Personenschutz, und zwar sofort."

Dann suchte er im Telefonbuch. Nur zweimal Friedhelm Spahn in München. Das war gut. Aber es war auch zu einfach, wieder einmal. Trotzdem würde er hinfahren. Plötzlich klingelte das Telefon. Laura war dran und fragte, ob er Zeit habe. Nein, leider nicht, sagte er, er müsse beruflich noch einmal weg, wünschte Laura noch einen schönen Abend und legte auf. Praktisch und organisatorisch auch eigentlich notwendig wäre bei Vielmännerei, dachte er höhnisch, wenn der Zweitmann ständig verfügbar wäre, aber der Zweitmann heutzutage war einfach nicht flexibel genug. So kam Frau wirklich nicht weiter.

Er verließ die Wohnung und schwang sich aufs Rad. Bei Google hatte er den Namen des rumänischen Dienstmädchens eingegeben und war von der Vielzahl der Treffer fast erschlagen worden. Da gab es Artikel zu Fall und Prozess, juristische Kommentare zu Prozess und Urteil und bitterböse Kommentare zum Freispruch der Berger, die Zeitgenossen abgegeben hatten, die die Angelegenheit nicht mit der gelassenen Sachlichkeit von Juristen betrachteten. Und schließlich, als er schon müde wurde und ihm die Suche langsam auf die Nerven ging, las er den Text, der ihn fast vom Computerstuhl wehte. Er stand in einem Forum, in dem religiöse und moralische Fragen behandelt wurden, und aus jeder Silbe sprach der Schwertmörder. Das war unter kriminalistischen Gesichtspunkten äußerst erfreulich. Dumm war in gewisser Weise nur, dass der Text nicht mit Pseudonym, sondern mit einem bürgerlichen Namen unterzeichnet war, Friedhelm Spahn eben. Und so konnte Werther genau genommen nur verlieren. Hatte der Autor den Text unter seinem richtigen Namen verfasst und war tatsächlich einer der beiden Männer, die unter Friedhelm Spahn im Telefonbuch standen, dann war er nach menschlichem Ermessen nicht der Mörder, denn niemand war so blöd, Morde im Internet auch noch unter richtigem Namen anzukündigen. War der Name jedoch falsch, so unternahm Werther jetzt eine Radltour in landschaftlich nur bedingt reizvoller Umgebung, die ihn über Milbertshofen nach Obermenzing führte und reiner Selbstzweck war. Das Gleiche galt auch für den dritten Fall, dass nämlich der Verfasser den richtigen Namen angegeben hatte, aber nicht im Telefonbuch stand.

Werther querte den Ring und fuhr parallel zur U-Bahn-Strecke Richtung Norden. Problemlos fand er die Straße, die er suchte, und dort das Haus, an dem auf einem der Klingelschilder Spahn stand. Glücklicherweise wurde ihm sofort geöffnet, nachdem er geklingelt hatte, und er ging hinauf in den dritten Stock. Dort stand Friedhelm Spahn in der Tür, dieser Friedhelm Spahn wohlgemerkt, ein abgehärmter Mann von vielleicht fünfzig Jahren, der nach Alkohol und Zigaretten stank, mit seinem Jogginganzug älteren Jahrgangs ausgesprochen häuslich gekleidet war und Werther in jeder Hinsicht schnell davon überzeugen konnte, dass er keinen Text zu moralisch-theologischen Fragen verfasst hatte.

Also weiter nach Obermenzing.

Der richtige oder der Pseudo-Friedhelm Spahn hatte sich in seinem Artikel gegen Gottes erbärmliche Barmherzig-keit gewandt, konkret dagegen, dass Menschen straffrei ausgingen, die andere ins Verderben gestürzt hatten. Und auf der Suche nach solch schreiender, von Gott offensichtlich tolerierter Ungerechtigkeit müsse man sich weder in die Geschichte, also nach Auschwitz oder in die Zeiten des Hexenwahns, noch in ferne Länder begeben. Allein hier in München, schrieb der Autor, hätten sich drei Fälle ereignet, bei denen Gott und die Justiz die Täter, die der Verfasser Mörder nannte, inakzeptabel milde behandelt hätten. "Hier in München" waren die Worte, die Werther zum Telefonbuch greifen ließen, und die aufgeführten Fälle waren die Hessling'sche Todesfahrt, der Tod des rumänischen Dienstmädchen und der Mord an Dalince Özek, den man früher zynisch-absurd als Ehrenmord bezeichnete hätte. Diese Dalince Özek hatte ein selbst-bestimmtes Leben westlichen Stils geführt und sich sogar von dem Mann scheiden lassen, mit dem sie verheiratet worden war. Dafür wurde sie auf offener Straße von ihrem jüngeren Bruder erschossen, der jung genug war, um nach Jugendstrafrecht verurteilt zu werden. Es stand aber außer Zweifel, dass ihr Vater und ihr älterer Bruder den Mord geplant hatten. Sie mussten jedoch freigesprochen werden, weil der jüngere Bruder nach dem mittlerweile gängigen Muster die gesamte Schuld auf sich nahm und ihnen die Tatbeteiligung nicht nachzuweisen war. Für beide musste so schnell wie möglich Personenschutz angeordnet wer-den, was Riepertinger möglicherweise bereits in die Wege geleitet hatte.

Werther erreichte Obermenzing, fand aber am Haus mit der aus dem Telefonbuch herausgesuchten Adresse kein Klingelschild mit dem Namen "Spahn". Er wollte schon die spätabendliche Ruhe der Bewohner stören, um sich nach Spahn zu erkundigen, ging dann aber doch um das Haus herum und sah dort im hinteren Teil des Gartens ein kleines Häuschen, romantisch geradezu, vor dem ein Mann saß, der bei Kerzenschein in einem Buch las.

Werther ging auf ihn zu und fragte nach Friedhelm Spahn.

"Ich bin Friedhelm Spahn", sagte der Mann. Werther schätzte ihn auf Mitte vierzig. Er trug Sandalen mit dicken Socken, eine beige Cordhose, einen grauen Wollpullover gegen die abendliche Kühle, lange, dünne, grau durchsetze Haare, die ihm weit über die Schulter fielen, und einen Vollbart in seinem schmalen Gesicht, das Werther ein wenig an Dürers Selbstportrait in der Alten Pinakothek erinnerte. Weder unangenehm noch ungepflegt wirkte er auf Werther wie ein Relikt aus guten alten Hippietagen.

Werther wies sich aus und Spahn sagte: "Komm rein."

'Ja, gerne', dachte Werther, denn er war jetzt wirklich neugierig und wollte wissen, wie es in dem Knusperhäuschen aussah. Und er wurde nicht enttäuscht. Ihm fiel direkt der Ofen auf, der standesgemäß mit Holz geheizt wurde, worauf die Scheite hindeuteten, die davor lagen. Die Einrichtung war spartanisch. Auch Werther selbst wollte Bewegungsfreiheit und daher nichts Überflüssiges, aber hier standen nur ein Tisch, drei Stühle, ein mit Sicherheit selbst gezimmerter Holzkasten mit zwei Matratzen darauf und ein Holzschrank, dessen bessere Zeiten Jahrzehnte zurücklagen und der möglicherweise vom Sperrmüll kam. Sein Blick fiel auf das Telefon neben der Bettstatt, das hier geradezu einen Stilbruch bedeutete, Werther aber immerhin zu Spahn geführt hatte.

"Das brauche ich", sagte Spahn, als könne er Gedanken lesen. "Da ich auf Luxus verzichte, kann ich mir den Luxus leisten, nicht kontinuierlich zu arbeiten. Aber wenn sie mich brauchen, müssen sie mich erreichen können."

Werther nickte, und nun fiel ihm das einzige Bild an der Wand auf, eine Zeichnung. Sie zeigte einen bärtigen Mann, den Werther auf Mitte dreißig schätzte und dessen Kopfbedeckung darauf hinwies, dass er in längst vergangenen Jahrhunderten gelebt hatte.

"Jan van Leiden", sagte Spahn.

"Der Wiedertäufer?"

"Ja, genau der."

"Eine interessante Persönlichkeit."

"Das kann man wohl sagen, aber du bist sicher nicht gekommen, um mit mir über Jan van Leyden zu sprechen." Spahns Worte klangen milde, denn er hatte sich längst daran gewöhnt, dass sich seine Gäste hier wie Besucher eines Museums aufführten.

"Nein, natürlich nicht. Ich habe deinen Text gelesen über Gottes erbärmliche Barmherzigkeit."

"Und? Was sagst du dazu?"

"Vor allem die Wirkung ist beeindruckend."

"Du spielst doch nicht etwa darauf an, dass man diesen Hessling ermordet hat."

"Nicht nur Hessling."

Spahn sah ihn an. "Auch diese bürgerliche Tussi, die…"

"Ja, auch die."

"Schön." Spahn lächelte nicht.

"Wenn du meinst. Du hast jedenfalls einen gelehrigen Schüler."

"Moment, Kumpel. Mein Text handelt davon, dass auf dieser Welt wenig Gerechtigkeit herrscht, was die meisten Menschen und selbst Gott, falls es ihn geben sollte, herzlich wenig interessiert. Und ich habe Beispiele für Ungerechtigkeiten genannt, aber um Himmels Willen nie zum Mord aufgerufen. Das wäre eine böswillige Fehlinterpretation."

"Wie dem auch sei. Jemand benutzt deinen Text als Anleitung für sein nicht eben segensreiches Wirken. Ich meine, falls nicht du selbst die Theorie in die Praxis umgesetzt hast. Die gehörige Portion Hass, die man beim Lesen deines Textes deutlich spürt, würde dafür reichen."

"Wut, nicht Hass."

"Möglich."

"Sag mal, das glaubst du doch wohl selbst nicht."

Werther nahm auf einem der Holzstühle Platz.

"Es wäre zumindest ziemlich gerissen. Der Mörder tarnt sich dadurch, dass er seine Morde ankündigt und seinen Namen offen nennt, denn jeder denkt, dass dies niemand tun würde."

"Ich würde es vorziehen, völlig inkognito zu bleiben. Was könnte mir denn dann passieren, wenn ich nicht auf frischer Tat ertappt werde?"

Er setzte sich nun auch und nahm Tabak, um sich eine Zigarette zu drehen.

"Wo warst du vorletzten Samstagabend und heute Vormittag?" fragte Werther.

"Keine Ahnung, was vorletzten Samstag war. Heute Vormittag war ich hier, Samstag vor einer Woche wahrscheinlich auch."

"Du hast heute nicht gearbeitet?"

Spahn schüttelte den Kopf. "Wie ich schon sagte, arbeite ich nicht jeden Tag." Er lächelte. "Ich gönne mir keinen BMW, aber Zeit."

"Du auch eine?" Er hielt Werther die gerade gedrehte Zigarette hin.

"Nein, danke", sagte Werther. Er rauchte nicht, auch wenn er Selbstgedrehte in dieser Umgebung wirklich stilecht fand.

"War jemand bei dir?"

Spahn schüttelte erneut den Kopf. "Nö."

Das konnte sich Werther sehr gut vorstellen. Frauen waren wundervoll, und viele von ihnen sahen diese Welt auch keineswegs unkritisch. Sie liebten es, wenn man geistreich die Umweltverschmutzung und andere Auswüchse unserer Wohlstandsgesellschaft anprangerte, auf Partys etwa oder bei einem schönen Abendessen. Aber wenn einer gnadenlos ernst machte? Nein, danke.

"Und von den Nachbarn. Hat dich da keiner gesehen?"

"Keine Ahnung. Wenn ich draußen sitze, lese ich und beobachte nicht den Garten."

"Hätte ja sein können."

Spahn zuckte die Achseln.

"Es scheint dir nicht sehr wichtig zu sein, die Sache mit Alibi."

"Nein, warum auch?"

"Hast du irgendeine Reaktion auf deinen Text erhalten, die dir jetzt im Nachhinein verdächtig erscheint? Denn dein Text hat ganz sicher den Mörder inspiriert."

"Nein, wirklich nichts. Es gab Kommentare, die du vielleicht im Internet selbst gelesen hast, nach dem Motto: Gott hat uns alle Möglichkeiten gegeben, um mit uns und unserer Welt vernünftig umzugehen. Es gab auch drei, vier Leute, die das, was ich geschrieben hatte, unterstrichen und vergleichbare Fälle anführten, aber ich weiß genau, was du meinst. Ein Kommentar voller Empörung über die genannten Fälle, aus dem man die Verzweiflung darüber und die Unfähigkeit, damit zu leben, herauslesen könnte sowie eine Wut, die noch größer ist als meine." Er lächelte. "Nein, so etwas ist nicht gekommen."

Werther blickte sich um. "Hast du eigentlich einen Computer hier?"

"Nö, ich schreibe mit der Hand und gebe in der Stabi alles in den Computer ein."

Werther nickte. "Wurde der Text noch an anderer Stelle veröffentlicht?"

"Ja, in der hiesigen Zeitung, der kleineren von beiden. Die haben ihn tatsächlich als Leserbrief gedruckt, in etwas verkürzter Form."

"Aber mit der Schilderung der drei Fälle?"

"Ja."

Sie schwiegen, und dann sagte Spahn. "Weißt du, das war nicht mein Ziel, nicht meine Absicht. Ich habe das nicht gewollt. Und ich bin mir auch keiner Schuld bewusst. Auch ein Journalist beispielsweise muss Ungerechtigkeiten anprangern können, auch wenn er nicht ausschließen kann, dass irgendein Idiot Amok läuft, denn das ist wahrlich nicht der richtige Weg."

"Amok läuft er keineswegs, sondern geht sehr planmäßig und überlegt vor." Werther war bereit, das Gehalt eines Bayern-Profis gegen seine Dienstbezüge darauf zu wetten, dass Spahn mit den Morden nichts zu tun hatte, aber das war für ihn schließlich nichts Neues, denn so ging es ihm bei diesem Fall ja mit fast allen Verdächtigen. Die Sicherheit, wenn auch nicht die absolute, erschien wenig später in Gestalt einer jungen, durchaus hübschen Frau, die Werther auf Anfang zwanzig schätzte. Sie trug lange schwarze Haare, ein weinrotes, weites Sommerkleid, das ihr bis über die Knie reichte und ebenfalls Sandalen. Ihr Gesicht war mit Piercings an Augenbrauen und Nasenflügel geschmückt, und sie flog Spahn zur Begrüßung um den Hals. Als genug geherzt war, sagte Spahn: "Das ist Lisa und das ist…

Wie heißt du eigentlich?"

"Lars."

"Das ist Lars von der Polizei."

"Oh", sagte das Mädchen tief beeindruckt, "und was will er von dir?"

"Wir sprechen über Schuld und Sühne."

"Ich bin unschuldig", rief sie aus, "ich musste das Bild einfach noch zu Ende malen und habe mich deswegen leicht verspätet."

"Ich weiß nicht, ob ich das einfach so durchgehen lassen kann", entgegnete Spahn, lächelte und wandte sich an Werther. "Aber sie ist eben Künstlerin und seit einem Jahr stolzes Mitglied der Akademie."

Lisa lächelte jetzt auch, und Spahn fügte mit Blick auf die Zeichnung hinzu: "Auch die ist von ihr."

"Jan van Leyden, sein großes Vorbild, weil er die Vielweiberei einführte."

"Laut der Propaganda seiner Feinde."

"Der große König von Münster. Friedhelm lässt nichts auf ihn kommen."

Werther erinnerte sich dunkel. Auch wenn der Tausendfüßler erschien und auf hinkende Vergleiche hinwies: Es war eines dieser tausendjährigen Reiche, die dann doch etwas früher untergingen.

Spahn lächelte: "Auch ihm ging es um Gerechtigkeit, irdische Gerechtigkeit, verwirklicht in einem Gottesstaat ohne Arm und Reich."

'Ja, das wollen sie alle', dachte Werther.

"Und der Gottesstaat war dann so gerecht, dass sich der Scharfrichter überarbeitete."

'Darauf läuft es immer hinaus', dachte Werther, aber Spahn sagte:

"Auch das steht in den Quellen, geschrieben von seinen Feinden."

Lisa wandte sich an Werther und sagte: "So leugnet er immer alles ab."

Spahn lächelte, und Lisa fragte: "Drehst du mir eine?"

"Gern", sagte Spahn, nahm den Tabakbeutel und fragte dann, ohne in seine Worte großes Interesse zu legen: "Sag mal, weißt du eigentlich, was wir am Samstag vor einer Woche gemacht haben?"

Lisa überlegte kurz, dann sagte sie: "Natürlich, wir waren am See. Ich habe da doch noch Lisa II gemalt, nackt, wie die Göttin sie schuf."

"Stimmt", bestätigte Spahn, und Werther fragte: "Und wann seid ihr zum See gefahren?"

"Am frühen Nachmittag, vielleicht gegen zwei."

"Und wie lange geblieben?"

"Lange, ich denke, mindestens bis acht."

"Und dann?"

"Dann sind wir hierher gefahren, Lisa II, du und ich. Sag mal, hast du das auch vergessen?"

"Natürlich nicht", verteidigte sich Spahn, "ich kann es nur nicht auf Anhieb einem bestimmten Datum zuordnen."

Lisa lachte und sagte zu Werther: "Die Beziehung zu einem älteren Mann ist so lange erträglich, wie er nicht an Alzheimer leidet."

Er reichte ihr wortlos ihre Zigarette.

"Du sagst ja gar nichts", bemerkte Lisa.

Spahn lächelte. "Ich denke über Schuld und Sühne nach."

Auszuschließen war nach wie vor nichts. Möglich immerhin, dass ihm die beiden gerade unterhaltsames Theater boten. Trotzdem hatte er genug gehört. Hier fand er nicht den Weg, der ihn weiterführte.

Er verabschiedete sich, und als er zurück gen Schwabing radelte, musste er sich eingestehen, dass er den Frauen Unrecht getan hatte. Es gab also doch Frauen, die offen für spartanische Romantik waren, die Frage war allerdings wie lange, aber möglicherweise tangierte sie Spahn gar nicht besonders, denn dann kam wahrscheinlich eine andere Liebhaberin von Hexenhäuschen. Wenn seine neuen Duzfreunde nicht angegeben hatten, hatte sich jedenfalls einmal mehr gezeigt, dass er erotisch hoffnungslos im Hintertreffen lag. Er musste daran denken, dass Spahn im Zusammenhang mit respektlosen Bemerkungen seiner Freundin von Schuld und Sühne gesprochen hatte und dass sowohl Bernd Hessling als auch Sabine Weber

Andeutungen gemacht hatten, die auf eine sadomasochistische Beziehung schließen ließen, absolut unzweifelhaft übrigens, denn ein solcher Erotomane war er trotz bedauerlicher romantischer Defizite in seiner momentanen Situation nicht geworden, dass er solche Bemerkungen überinterpretierte. Dabei spürte er, dass an dieser Beziehung zwischen Sabinchen und Hessling irgendetwas nicht stimmte, und dann, ja natürlich, es fiel ihm wie Schuppen von den Augen, es lag ja auf der Hand, was nicht stimmte, er hatte es ja mit eigenen Augen gesehen, trotzdem: Was hatte Bernd Hessling mit Eva Berger am Hut? Das ergab überhaupt keinen Sinn. Es war also doch der Schwertmörder, und er würde daher am nächsten Tag zu dem Alten fahren.

In der Hohenzollernstraße übersah ihn ein Rechtsabbieger, beide stoppten im letzten Moment, und der Autofahrer entschuldigte sich nicht einmal, sondern schaute nur unfreundlich und gequält, weil es ihn offensichtlich nervte, dass noch andere Verkehrsteilnehmer unterwegs waren. Arschloch.

Dann, keine zehn Minuten später, war er zu Hause, presste sich einen Orangensaft, den er wie immer genießerisch und in kleinen Schlucken trank, zog sich aus, duschte und ging zu Bett.

29

Am nächsten Morgen um acht traf er Riepertinger im Büro und berichtete ihm, was vorgefallen war. Auch Riepertinger war fleißig gewesen, hatte aber die beiden Brüder, die wahrscheinlich als nächste auf der Liste des Schwertmörders standen, nicht unter Polizeischutz stellen können, weil sie sich in die Türkei abgesetzt hatten und dort nicht greifbar waren.

"Ist dir eigentlich aufgefallen", fragte er Riepertinger, "dass dein alter Kumpel von Bruch perfekt ins Profil des Schwertmörders passt?"

Riepertinger fragte sich, ob aus Werthers Worten die Verzweiflung darüber sprach, dass sie genau genommen nach wie vor völlig im Dunkeln tappten, dann aber sagte er:

"Möglich. Du hast das ja gestern bereits angedeutet."

"Du wehrst dich gegen die Vorstellung, dass ein Polizeibeamter zu so etwas fähig ist, hast jedoch selber überzeugend dargelegt, dass von Bruch nach dem Tod seiner Tochter in gewisser Weise kein Polizeibeamter mehr war."

"Mach dir da mal keine Sorgen", verteidigte sich Riepertinger, "ich traue auch Polizeibeamten so einiges zu."

Werther grinste. "Auch mir?"

"Ach nein, eigentlich nicht. Aber das ist auch nicht der Punkt. Ich frage mich nur, wie gerade ein ehemaliger Polizeibeamter, der über einen reichen Erfahrungsschatz verfügt, auf die Idee kommen sollte, ausgerechnet die Fälle abzuarbeiten, die ein anderer aufgelistet hat."

"Das habe ich mich auch schon gefragt. Aber vielleicht war der Artikel einfach die Initialzündung, denn schließlich waren die Opfer Frauen, abgesehen natürlich von dem Kind."

'Wie von Bruchs Tochter', brauchte Werther gar nicht erst hinzufügen.

"Plausibel. Nur sollten wir uns darüber im Klaren sein, dass wir einen kennen, der möglicherweise ins Profil passt, es aber unzählige gibt, die ebenfalls ins Profil passen würden, die wir jedoch nicht kennen."

"So viele?" fragte Werther.

"Genug. Wenn du willst, können wir trotzdem zu von Bruch fahren."

Werther schüttelte den Kopf und sagte: "Nö, ich schlage vor, das mache ich alleine."

"Wie du willst."

"Du könntest ja, wenn du möchtest, Bergers Alibi abklopfen und das der Töchter."

"Du meinst, wir sollten wirklich in der Schule nachfragen?"

"Na klar."

"Sie scheinen dich stark beeindruckt zu haben."

"Oh ja."

Bei den von Bruchs bekam er wieder Kaffee, deutschen Kaffee, den er eigentlich nicht mochte. Auf dem Tisch lag die Tageszeitung, die kleinere von den beiden, die in München erschienen, wenn man von den Boulevardzeitungen absah. Es sah ganz so aus, als sei sie bereits gelesen und wieder ordentlich zusammengelegt worden.

Werther sah zu den Fotos an der Wand und fragte: "Ihre Tochter?"

Von Bruch sah ihm in die Augen und nickte, dann wandte er sich zu seiner Frau, die am Fenster stand, Blumen goss und Werthers Frage nicht gehört hatte oder so tat als ob, und sagte mit sanfter, ja zärtlicher Stimme: "Martha, ich würde gerne mit dem jungen Kollegen alleine sprechen."

Seine Frau sah von ihrer Arbeit auf, sagte tonlos "Gerne", stellte die Kanne ab und verließ das Zimmer, ohne noch einmal zu ihrem Mann und Werther zu blicken.

"Sie wissen doch ohnehin schon alles."

"Ich weiß überhaupt noch nichts Genaues."

"Ulrike war einfach zur falschen Zeit am falschen Ort. Ein Überfall auf offener Straße auf eine ältere Frau, ein simpler Handtaschenraub, könnte man sagen, Ulrike ging dazwischen, und blitzschnell, urplötzlich, also auch für sie völlig überraschend hatte der Täter ein Messer in der Hand und stach zu, nur einmal. Und dann war es aus."

"Es tut mir sehr leid", sagte Werther leise.

"Danke."

Werther konnte sich nicht dagegen wehren, dass er die Gedanken, die ihm durch den Kopf schossen und so nahe lagen, unwillkürlich in Worte fasste.

"Sie sind nicht darüber hinweg?"

"Nein."

Sie schwiegen, und es dauerte eine Weile, bis Werther fragte:

" Der Täter wurde bei der Festnahme erschossen?"

"Ja."

"Zweifel ausgeschlossen?" Werther sprach ruhig und eindringlich.

"Absolut ausgeschlossen. Die Überfallene hat ihn später identifiziert. Sie war sich völlig sicher."

"Er wurde erschossen, weil er plötzlich eine Pistole zog."

"Ja."

"Erst ein Messer, dann eine Pistole?"

Von Bruch blickte Werther an und sagte dann: "Ich weiß, was Sie andeuten wollen. Sie sagen, irgendeine Pistole kann man einfach beschaffen. Sie meinen, dass die beiden Beamten aus Wut und aus Verbundenheit mit mir handelten, auch weil der Täter zwanzig war und wahrscheinlich nur ein paar Jahre Jugendstrafe bekommen hätte?"

"Nein", widersprach Werther, "ich sage, dass die beiden Beamten wussten, wie schnell und brutal der Täter zuschlug, und daher schnell reagieren mussten, als er plötzlich eine Waffe zog."

"Ich verstehe."

Werther blickte auf die Zeitung. "Lesen Sie Leserbriefe?"

Von Bruch lächelte: "Manchmal."

"Auch den über Gottes erbärmliche Barmherzigkeit?"

"Wie bitte?" Von Bruch lächelte erneut leise. "Nein, das sagt mir nichts."

Werther nickte. "So ein Freak hat einen Artikel und einen Leserbrief über dieses Thema verfasst, er beklagt sich darin über Ungerechtigkeiten, die die Menschen und Gott zulassen. Und er zählt drei Beispiele auf: Die mörderische Fahrt Hesslings, den Tod eines rumänischen Dienstmädchens und einen so genannten Ehrenmord. Und Hessling ist nun tot, die Frau, die das Mädchen in den Tod trieb, auch."

"Das heißt, Sie warten auf den dritten Mord."

"Nein, wir warten natürlich nicht, sondern handeln und werden die weiteren potenziellen Opfer zu schützen wissen."

"Sie sprechen von dem Mord an Dalince Özek. Und es geht um Bruder und Vater, die freigesprochen wurden?"

"Ja."

"Personenschutz?"

"Natürlich, sobald sie greifbar sind."

"Und den Autor habt ihr ermittelt?"

"Ja."

"Verhaftet?"

"Nein."

Von Bruch sah Werther überrascht an.

"Zum einen hat er ein recht überzeugendes Alibi für den ersten Mord. Außerdem ist es unwahrscheinlich, dass jemand Morde indirekt ankündigt, dabei auch noch mit seinem Namen zeichnet und dann die Morde begeht."

"Das sehe ich auch so."

"Wir glauben eher, dass dieser Artikel eine Art Initialzündung für den Täter war, der plötzlich einen Weg sah, seine ungeheure Wut, seine Trauer und Verzweiflung abzuladen."

"Ich glaube, ich verstehe Sie", sagte der Alte und sah Werther in die Augen.

Werther durchlief ein unangenehmes Gefühl, das vom Magen ausging und aufstieg und das er aus Situationen kannte, in denen privat alles auf des Messers Schneide gestanden hatte. Ja, es war klar, dass Riepertinger Recht hatte und der Alte nur einer von recht vielen war. Und nein, er würde ihn nicht nach seinen Alibis fragen. Es war ihm dann, als würde er eine gewisse Erleichterung im Gesicht von Bruchs lesen, als dieser schließlich sagte:

"Ich weiß nicht, wie ich Ihnen da helfen kann."

Werther nickte: "Ja, es ist schwierig. Letztendlich haben wir nach wie vor nur das Schwert."

Von Bruch sah auf die Uhr, und Werther verabschiedete sich.

Nein, es war nicht der richtige Weg. Noch vor von Bruchs Haus rief er in Hesslings Firma an und erfuhr, dass dieser auf dem Weg zu einem Kunden war.

"Gemeinsam mit Frau Weber?"

"Nein, Frau Weber hat sich krank gemeldet."

Er schmunzelte. Das war exakt das, was er kaum zu hoffen gewagt hatte. Er blickte hinauf zu den Fenstern der Wohnung der von Bruchs und sah den Alten dort stehen, so wie er es auch erwartet hatte. Er hob den Arm zum letzten Abschiedsgruß, stieg dann in seinen Wagen und fuhr los.

30

Als er vor Sabine Webers Wohnung stand, öffnete ihm das Gespenst einer jungen Frau. Sabine Weber war ungeschminkt und totenblass. Sie stand mit bloßen Füßen und im Morgenmantel vor ihm, ein halb gefülltes Glas in der Hand, und sagte:

"Kommen Sie rein." Es klang fatalistisch.

Die Wohnung war geschmackvoll, modern und auch nicht billig eingerichtet, und es herrschte eine Unordnung, die dann entstand, wenn sich jemand, der normalerweise auf Ordnung und Sauberkeit achtet, in dieser Hinsicht einmal ein paar Tage lang gehen lässt, weil er beispielsweise krank ist.

Sie nahmen einander schräg gegenüber in Sesseln Platz, und er bemerkte plötzlich die drei parallel und dabei erstaunlich genau gezeichneten Striemen an ihrem linken Oberschenkel, den sie schnell mit ihrem Morgenmantel bedeckte.

Fast schämte er sich dafür, dass sein Blick dort gelegen hatte, wo er höflicherweise eigentlich gar nicht hingehörte. Dann fragte er: "Was fehlt Ihnen?"

"Sind Sie Arzt?"

"Nein."

"Ach, Kopfschmerzen, Migräne, es geht mir einfach nicht gut."

Ja, Lady Macbeth war es, die es nicht wegstecken konnte.

"Waren Sie denn beim Arzt?"

"Nein, es wird schon wieder."

Sie trank aus dem Glas, das sie eben in der Hand gehalten hatte, hielt plötzlich inne und sagte:

"Oh, entschuldigen Sie bitte. Möchten Sie etwas trinken?"

"Och, nein", erwiderte Werther kopfschüttelnd, was nicht sehr überzeugend klang.

"Also was wollen Sie? Kaffee? So schlecht geht es mir nun auch wieder nicht."

Werther nickte. "Ja, gerne."

Sie ging durch die offene Tür in die Küche, und er wartete einige Sekunden, dann ging er durch die Tür, die geschlossen gewesen war, ins Schlafzimmer, das sich als groß und geräumig erwies und wo er exakt das fand, was er dort auch erwartet hatte. Dann stand auch sie im Zimmer und fragte:

"Dürfen Sie das?"

Er ließ seinen Blick über das Andreaskreuz schweifen, über die dünnen, langen Ketten, die Hand- und Fußfesseln, die Schlaginstrumente, die Kerzen und die Klammern, die auf einem kleinen Tischchen lagen, und sagte: "Hübsches Spielzeug."

"Sie kennen sich anscheinend aus."

"Nein", sagte Werther und schüttelte den Kopf.

"Schade, aber tun Sie sich keinen Zwang an und schauen Sie sich ruhig um. Ich stehe zu meinen Neigungen und habe kein Problem damit."

"Das ist alles sehr interessant", sagte Werther leise. Er fragte sich einen Moment lang, ob es ihn reizen würden, wenn sie mit ihren süßen Zöpfen nackt und gefesselt vor ihm stünde, natürlich nicht in ihrem jetzigen Zustand, was eindeutig zu grausam wäre, dann fragte er:

"Ist mein Kaffee fertig?"

"Ich schaue einmal."

Er ging hinter ihr aus dem Zimmer und setzte sich wieder im Wohnzimmer in den Sessel. Dann kam sie mit dem Kaffee, von dem er lustlos etwas trank. Zu viel Kaffee war einfach tödlich an einem heißen Sommertag wie heute.

"Was mich daran wirklich interessieren würde", sagte Werther, "trennen Sie es?"

Sie nahm eine Schachtel Zigaretten und ein Feuerzeug aus ihrem Morgenmantel und zündete sich eine Zigarette an.

"Auch nicht gut gegen Ihre Kopfschmerzen", bemerkte Werther.

"Nein, Papi."

Er lachte.

"Aber wie meinen Sie das?"

"Ich frage, ob Sie nur auf diese Weise Ihr Sexualleben gestalten und ansonsten eine gleichberechtigte Partnerschaft führen."

"Sie wollen also wissen, ob ich seine Sub, seine Sklavin oder gar seine 24/7-Sklavin bin, Begriffe, die Ihnen sicher geläufig sind, die Sie jedoch - warum auch immer - nicht verwenden wollen."

Werther lächelte fein, und sie sagte:

"Ich bin seine 24/7-Sklavin."

"24 Stunden pro Tag, sieben Tage pro Woche?" fragte er nach.

"Richtig", antworte sie mit einem spöttischen Lächeln, als habe er gerade gesagt: 'Drei mal drei ist also neun.'

"Sehr schön und praktisch ist dabei, dass er auch beruflich mein Chef ist."

"Nervt das nicht auf Dauer? Ich meine, ich könnte so etwas nicht aushalten."

"Sie haben ja auch nicht die entsprechenden Neigungen."

"Das ist mir klar", entgegnete Werther ungehalten, "ich bin nicht blöd. Ich meine nur, dass Frau nicht ständig geil ist und manchmal sicher Lust hat, auch einmal das zu tun, was sie will."

"Ich verstehe, aber ich habe da keine Probleme."

"Schön."

"Ja, 24/7 ist möglich, wenn ein paar Voraussetzungen erfüllt sind."

"Und die wären?"

Sie zog an ihrer Zigarette, blickte ihm in die Augen und sagte: "Sie sind ganz schön neugierig."

"Klar", entgegnete Werther und grinste.

"Das Wichtigste ist die Liebe. Er muss mich lieben."

"Liebt er Sie?"

"Ja, er liebt mich über alle Maßen."

"Sie sehen sehr müde und fertig aus", sagte Werther und es klang fast zärtlich, "aber ich höre selten etwas, was derart glaubwürdig ist."

Sie blickte verschämt zu Boden, und er fragte: "Und?"

"Dass er über mich bestimmt, bedeutet nicht, dass es ihm egal ist, was mir gefällt und mir wichtig ist in meinem Leben."

"Das heißt, er muss wissen, was Ihnen gut tut."

"Ja, er muss mich meiner individuellen Natur entsprechend halten."

Mann, oh, Mann. Sich eine Sklavin halten. Das war eine äußerst bemerkenswerte Formulierung.

"Und?"

"Er muss ein wirklicher Herr sein."

"Das bedeutet?"

Die erste Zigarette war ausgedrückt, und sie zündete sich die nächste an.

"Sie glauben ja gar nicht, auf welch klägliche Gestalten ich schon gestoßen bin, auf wie viele Superdoms, denen ich meine ganze Hingabe schenken wollte, und die sich dann als kleine, erbärmliche, verängstigte Wichte entpuppten, die mit SM einfach nur kompensieren wollten."

"Endlich einmal Macht besitzen, der Herr Wichtig sein."

"Genau", sagte sie und eiferte sich, "das sind dann einfach keine Herren, sondern Spießer, denen es nur um Bequemlichkeit geht."

"Ja, es ist ja ganz praktisch, wenn die Frau sexuell verfügbar ist und einem ohne Widerrede das Bier vor den Fernseher bringt."

Sabinchen war beeindruckt. "Sie kennen sich ja wirklich aus."

"Ja, ja", bestätigte er entspannt, "man braucht Erfahrung oder Vorstellungsvermögen."

Dann fragte er: "Das bedeutet also, dass er ein Übermensch sein sollte, der Herr?"

"Quatsch! Aber souverän sollte er sein, gelassen und souverän."

"Das heißt", begann Werther, "einmal angenommen, ich wäre Ihr Herr und Sie meine Sklavin, die dann freilich gesünder leben müsste."

In seinem Gesicht lag ein schelmisches Lächeln, das Frau gar nicht einmal unsympathisch finden musste, das aber dann erstarb, denn er sprach nun eindringlich und belegte alles mit weiter ausholenden Gesten, als er sagte: "Und Sie werden dann Zeugin eines Telefongespräches, das ich mit meinem Chef führe und bei dem ich eine demütig gebückte Haltung einnehmen würde wie Ihr Partner im Gespräch mit seiner Mutter, Sie würden sehen, wie mir die Knie zittern und ich die Hosen voll habe, würden hören, wie ich ihn anschleime, mich klein mache, dann würde bei Ihnen doch alles zusammenbrechen und - um es geschmacklos zu formulieren - die große Dürre ausbrechen wie in der Sahel-Zone."

Sie sah ihn entsetzt an und sagte tonlos. "Ja, das stimmt."

"Sie haben es nicht ausgehalten, dass er bei seinem Bruder den unteren Weg gehen musste", sagte Werther nun wieder ruhig und beinahe leise.

"Sie sind hinterhältig, Herr Kommissar."

"Irrelevant", widersprach Werther, "warum sollte Ihr Herr und Meister denn Eva Berger umbringen? Er hat doch da gar kein Motiv. Es ist daher völlig überflüssig, dass Sie nach dem ersten Mord mit zwei Finger dick Schminke durch die Gegend laufen, nach dem zweiten schon nicht mehr arbeiten können und nach dem dritten vielleicht eine Überdosis Schaftabletten nehmen. Warum denn das, mein Gott?"

"Ich möchte, dass Sie jetzt gehen, Herr Kommissar", sagte sie leise.

'Schade, eigentlich', dachte Werther, denn im Radio lief Stairway To Heaven von Led Zeppelin, dann aber stand er auf, legte seine Visitenkarte auf den Tisch und sagte lachend.

"Sie sehen, ich bin folgsam. Danke für den Kaffee."

Ein paar Häuser weiter war ein Lebensmittelgeschäft, in dem er sich einen Liter Mineralwasser kaufte, das er in kurzer Zeit vor dem Laden trank. Dann gab er die Flasche wieder ab und fuhr zum Präsidium zurück.

31

Er schlug Riepertinger Personenschutz für Sabine Weber vor, aber der winkte ab. "Viel zu vage", sagte er, "das genehmigen die dir nie. Und wieso sollten wir sie auch schützen lassen?"

'Weil sie seine Schwachstelle ist', dachte Werther, insistierte jedoch nicht darauf und hoffte vielmehr, dass Macbeth seine Gattin wirklich über alle Maßen liebte. Riepertinger hatte eine andere Richtung eingeschlagen, und das war nahe liegend. Die Zeitungen waren voll von Berichten über den ominösen Rächer, der blutig für Gottes Gerechtigkeit auf Erden sorgen wollte. Riepertinger schlug vor, nach allen Fällen von Schuld ohne Sühne zu forschen, um potenzielle Opfer des Schwertmörders zu finden, zu warnen und zu schützen. Aber das war einfach uferlos. Was sie konkret machen konnten, hatten sie getan: Das Flughafenpersonal war informiert und würde den Vater und Bruder der ermordeten jungen Türkin abfangen, falls die einreisen sollten.

Werthers Strategie war, Lady Macbeth weiter unter Druck zu setzen, aber als er am Samstag an ihrer Tür klingelte, machte sie nicht auf, obwohl sie ganz sicher zu Hause war und in einem Meer von Depressionen badete.

Laura genoss das Glück der Zweisamkeit mit ihrem Freund, so dass sich Werther am Sonntag einen Tag in den Bergen gönnte und über das Matheisenkar auf die Alpspitze stieg. Dann kam der Montag, und sie hatten ihren dritten Mord.

Auf einem verwilderten Grundstück im Norden der Stadt war gegen acht Uhr morgens ein junger Türke, achtzehn Jahre alt, erschlagen aufgefunden worden, Todeszeitpunkt die späten Abendstunden des Vortages. Auf seinem rechten Arm prangte das Schwert Gottes, über das Werther nur noch bitter lachen konnte. Verarschen wollte er sie mit seinen billigen Klebebildchen. Und ja, es gab dort eine alte verwitterte Mauer, an der geschrieben stand: "Verpiss dich aus unserem Land." Das war nun nicht mehr möglich.

"Die Presse", rief Werther zu Riepertingers maßlosem Erstaunen, "die Presse muss her, sofort."

Es folgte das, was in ihrem Beruf bekanntermaßen das Unangenehmste und Traurigste war. Sie suchten die Eltern des Jungen auf, freundliche, verängstigte und wohl auch etwas unbedarfte Menschen, die in diesem Land fleißig arbeiteten, die Sprache nur gebrochen sprachen und hier so leben wollten, wie sie es von zu Hause gewohnt waren. Und wie stolz waren sie auf ihren Sohn gewesen, der ein deutsches Gymnasium besuchte. Die Beamten stießen an ihre Grenzen, als sie sahen, wie der erschütterte Vater seine Frau tröstend in den Arm nahm, die schreiend zusammenbrach. Von dem Vater erfuhren sie später noch, dass sein Sohn, immerhin volljährig, öfter einmal über Nacht fortgeblieben sei und sie deshalb keine Vermisstenanzeige aufgegeben hätten. Mit Informationen, die sie weitergebracht hätten, konnte er nicht dienen. Wie sollte er auch?

So fuhren sie zur Schule, befragten die Mitschüler und fanden heraus, dass die Tat doch mit dem Mord an Dalince Özek in Verbindung stand, wenn auch indirekt, aber damit hatten sie wirklich nicht rechnen können, beim besten Willen nicht. Der Erschlagene war nämlich durch ein Fernsehinterview zu einer gewissen kläglichen Berühmtheit gelangt, zumindest in seinen Kreisen. Als türkischstämmiger Jugendlicher, der immerhin das Gymnasium besuchte, zum Mord an Dalince Özek befragt, hatte er der Journalistin entspannt mitgeteilt, dass das Opfer seinen Tod verdient habe, denn schließlich habe sich - so wörtlich - "die Schlampe" so gekleidet und verhalten wie eine Deutsche.

Der Schwertmörder drehte offensichtlich durch. Natürlich konnte man sich fragen, was so einer hier wollte, wenn er die Kultur dieses Landes mit einer derart barbarischen Konsequenz ablehnte, aber für dumme Sprüche die Todesstrafe?

Ja, es gab auch eine Freundin, ein siebzehnjähriges Mädchen, das auch dieselbe

Schule besuchte. Sie befragten die Schülerin, die sich cool gab, was alle taten und Werther langsam nervte. Sie hätten sich am Vorabend wie so oft auf dem verwilderten Grundstück getroffen, sagte sie aus, und seien nach einiger Zeit in Streit geraten, so dass sie schließlich gegangen sei.

"Aber ich habe ihn nicht umgebracht", sagte sie schließlich, "wirklich nicht."

In diesem Moment war ihre Angst zu spüren, und Werther entgegnete:

"Nein, das glauben wir auch nicht."

Er fragte noch, ob ihr jemand in ihrer Nähe aufgefallen sei, was sie verneinte. Nun, auch wenn der Schwertmörder Fehler gemacht hätte, wären sie wohl zu sehr mit sich selbst beschäftigt gewesen.

Als sie das Schulgebäude verließen, sagte Riepertinger nervös:

"Mann, wir werden jetzt Druck bekommen."

'Und wenn schon', dachte Werther und zuckte die Achseln. Er hatte jetzt wirklich andere Sorgen.

"Und was sollen wir machen?" fragte Riepertinger.

'Warten', dachte Werther und sagte: "Ich bin dann mal weg."

"Du gehst?" fragte Riepertinger fassungslos.

"Ja."

32

Es war halb sieben, als Werther nach Hause kam. Sie hatte ganz sicher Radio gehört und gleich würden die Abendzeitungen erscheinen. Er zog sich um und lief durch den Englischen Garten, nicht so weit, nur die kleine Runde zwischen dem Ring und dem Haus der Kunst. Er ging dann noch zur Münchener Freiheit und kaufte sich eine Zeitung. Ja, es stand auf der ersten Seite, und sie spekulierten über Neonazis. Das gefiel ihnen. Als er die Treppe zu seiner Wohnung hinaufstieg, sah er zunächst nur ihre Beine. Die Haut war heller, aber auch so hätte er gewusst, dass es nicht Laura war. Er schloss die Tür auf und sagte: "Komm rein." Sabine, die mit tränenfeuchtem Gesicht auf der Treppe saß, stand auf und ging mit ihm in die Wohnung. Dort fiel sie ihm um den Hals, schluchzte, weinte herzzerreißend, ihr kleiner, zierlicher Körper erbebte immer wieder, bis sie sich wieder leidlich fasste, sich aus seiner Umarmung löste und sagte:

"Ich habe wirklich nur von dem ersten Mord gewusst." In ihrem nassen Gesicht lag ein leichtes Lächeln, fast wehmütig, als sie fortfuhr. "Er dachte an einen Gerechtigkeitsfanatiker, und das war die Gelegenheit für ihn."

"Für euch", verbesserte er sie leise und sanft.

"Aber ich hätte nie gedacht, dass er weitermacht." Sie flüsterte mit einer unglaublichen Eindringlichkeit und es schien ihm, als ob in ihren Augen der Wahnsinn läge.

"Ja, Morde, für die er kein Motiv hatte, das war seine Strategie."

"Zuerst war es seine Strategie, zuerst." Ihre Lippen bebten. "Aber dann hat er Gefallen daran gefunden. Verstehst du nicht? Es hat ihm nicht mehr genügt, über mich zu bestimmen. Er wollte Herr über Leben und Tod sein. Er wollte Gott sein."

Ihr Gesicht erstarrte, dann brach sie wieder in Tränen aus.

Später saßen sie auf seinem Sofa, ihr Kopf lag auf seinem Schoß, und er streichelte sie sanft. Er wusste später nicht mehr, wie lange sie so verharrt hatten, aber schließlich fragte er, ob sie eine wirklich gute Freundin habe. Die hatte sie, und er fuhr sie zu ihr. Anschließend verhaftete er Hessling.

Der verhielt sich gelassen und entspannt. Das Spiel war verloren, also gab er alles zu. Seine Mutter, die blöde Schnepfe, habe ihm nie vertraut, ihm nichts zugetraut, weil er nicht blass und farblos war und gelegentlich Freundinnen hatte. Sein Bruder, der vollendete Langweiler, habe sich gerade dadurch in ihren Augen als zuverlässig und seriös qualifiziert, obwohl er letztendlich beschränkt und somit inkompetent gewesen sei. Es sei nicht hinzunehmen gewesen, dass so einer für immer und alle Zeiten das Sagen hatte. Die Todesfahrt sei seine Chance gewesen. Er habe jedoch nie den Verdacht auf die Angehörigen der Unfallopfer lenken wollen. Vielmehr habe er diesen Leserbrief über Gott und die Gerechtigkeit interessant gefunden und mit dem Schwert die Polizei auf die Fährte eines Gerechtigkeitsfanatikers lenken wollen, eben eines Durchgeknallten wie diesen Leserbriefschreiber, der dann aber ernst machte.

Es war geradezu abstoßend, wie stolz er auf seine Idee mit dem Schwert war. Wahrscheinlich erwartete er, dass sie, die Beamten, ihm dafür applaudieren.

Die Durchführung der Tat sei kein Problem gewesen, sein Bruder sei ja fast täglich gelaufen, immer dieselbe Strecke und im Sommer immer spätabends. Dreimal sei er umsonst dort gewesen und habe natürlich nie dort geparkt. An diesem Samstag hätten, so sagte Hessling wörtlich, die Rahmenbedingungen gestimmt. Es sei bereits dunkel gewesen, als sein Bruder zurückkam. Er habe einen dringenden Kundenanruf vorgetäuscht und mit einem Stein zugeschlagen, als sein Bruder die Wagentür öffnete, um nach seinem Handtuch zu greifen.

Dann habe er zunächst abgewartet, wie die Ermittlungen beim Mord an seinem Bruder verliefen. Schließlich habe er es für nötig erachtet, weitere Morde zu begehen, für die er kein Motiv hatte, um so von sich abzulenken. Nachdem er sich zuvor bei seinen Äußerungen über seine Mutter doch ein wenig ereifert hatte, sagte er das Letzte so, als sei es das Selbstverständlichste auf der Welt. Dann erwies er sich allerdings - wenn man das so sehen wollte - als vollendeter Kavalier und nahm alle Schuld auf sich. Sabine habe, sagte er aus, von den Morden nicht das Allergeringste gewusst. Sie habe ihm das falsche Alibi daher nicht in dem Bewusstsein gegeben, einen Mörder zu decken, sondern ihm lediglich Unannehmlichkeiten ersparen wollen. Sie habe ihm rückhaltlos vertraut und ihm deswegen auch geglaubt, als er ihr sagte, dass er unschuldig sei.

Riepertinger brachte zuletzt seinen Abscheu darüber zum Ausdruck, dass Hessling nicht nur seinen Bruder, sondern auch völlig Unbeteiligte ermordet hatte, aber Hessling lachte nur, ja, er erschien aufrichtig erstaunt und sagte: "Um solche Figuren ist es ja nun wirklich nicht schade."

Und als sie ihn abführen ließen, sagte er noch, dass er seiner Mutter Besuche verweigere, falls er das Recht dazu habe. "Sie wird sie nicht besuchen", entgegnete Werther kalt, "machen Sie sich da keine falschen Hoffnungen."

33

Am nächsten Tag verhörte Riepertinger Sabine Weber. Sie rauchte viel, äußerte sich aber ruhig und überlegt und blockte alles ab. Sie habe überhaupt nichts gewusst und sich auch nicht im Traum vorstellen können, dass ihr Partner ein Mörder sei. Auch diese Aussage lief auf das hinaus, was Hessling am Vortag zum Besten gegeben hatte: Sie habe nicht bewusst einen Mörder decken, sondern ihm nur Unannehmlichkeiten ersparen wollen. Es zeigte sich, dass sie Hessling in gewisser Weise tatsächlich vertraute, denn auch von Riepertingers Andeutungen, dass Hessling sie belastet habe, ließ sie sich nicht aus der Reserve locken. Riepertinger verließ schließlich den Verhörraum, Werther folgte ihm und Riepertinger fragte, was sie nun mit ihr tun sollten.

Werther sah sie, wie sie auf ihrem Stuhl ihre Zigarette rauchte, und sagte: "Nichts. Wenn er alle Schuld auf sich nimmt und sie alles leugnet, können wir nichts machen. Und ihre Falschaussage wird sie weder Kopf noch Freiheit kosten, zumindest solange wir ihr nicht nachweisen können, dass sie wusste, dass Hessling der Täter war."

Natürlich gab es in dieser Sache noch einen Zeugen, einen gewissen Lars Werther, aber der stellte sich nicht die Frage, ob es moralisch gerechtfertigt sei, eine Mittäterin am Mord an Meinolf Hessling laufen zu lassen, für ihn zählte, dass sie in dem Moment gestanden hatte, als sie in seiner Wohnung und in seinen Armen Schutz, Trost und Hilfe suchte. Und das durfte nun wiederum nicht zählen. Falls man ihr auf andere Weise ein Geständnis entlockte - in Ordnung, aber er würde sie nicht belasten.

"Es bleibt die Frage", sagte Riepertinger, "was Hessling zu seinem freimütigen Geständnis bewogen hat."

"Mein gnadenloses Verhör in seiner Wohnung," entgegnete Werther, und Riepertinger sah ihn mit feinem Lächeln an. Auch Werther lächelte. Dann ging er in den Verhörraum und sagte zu Sabine:

"Du kannst gehen. Man wird dich wegen uneidlicher Falschaussage belangen, aber es wird sicher keine große Geschichte. Du hast ihm zu sehr vertraut und konntest nicht glauben, dass er seinen Bruder ermordet hat."

"Ja, so war es", entgegnete sie ruhig.

Er nickte, und sie fragte: "Kann ich gehen?"

"Ja", sagte er, "pass auf dich auf."

Nachdem sie den Raum verlassen hatte, wartete er einige Sekunden und trat dann ans Fenster, wo er sah, wie sie den Hof durchquerte und durch das offene Gittertor in die Straße gelangte, auf der sie sich nun ruhigen und gleichmäßigen Schrittes entfernte.

Nachdem Werther und Riepertinger ihren Bericht geschrieben, den bürokratischen Pflichten also genüge getan und den Fall des Schwertmörders damit abgeschlossen hatten, verließ Werther das Präsidium und fuhr nach Hause. Dort lag ein Paket vor seiner Tür, und als er es öffnete, traute er seinen Augen kaum. Seine Eltern hatten ihm einen echten bergischen Stuten geschickt. Er ließ ihn im Paket, nahm es und fuhr damit zu den von Bruchs. Als ihm der Alte die Tür öffnete, vor der er Freude strahlend mit seinem Stuten stand, wollte er ihn am liebsten abklatschen, aber er reichte ihm dann doch ganz konventionell die Hand und sagte: "Wir haben ihn."

Dann gab es Kaffee und den Stuten und Werther erzählte, wie sie den Schwert-Mörder überführt hatten. Als er fertig war, blickte ihm von Bruch grinsend ins Gesicht. Er war in diesem Moment nicht der trauernde Vater, sondern ganz der alte Kommissar, das Schlitzohr, und Werther las in seinen Zügen: 'Du kleines Arschloch, du hast mich doch glatt verdächtigt.'

"Offen gesagt", erklärte Werther nun, "die letzten Tage waren ganz schön anstrengend, und ich brauche ein bisschen Ruhe. Aber glücklicherweise geht es im richtigen Leben ja nicht wie im Fernsehen zu, wo ständig gemordet wird, damit man am Sonntag um Viertel nach acht, am Montag um sechs, am Dienstag um halb acht und so weiter und so fort etwas zu senden hat. Und falls die Bewohner dieser Stadt tatsächlich einmal eine Zeitlang geschlossen davon absehen werden, ihrem Nächsten nach dem Leben zu trachten, dann werde ich nicht im Büro sitzen und Bleistifte spitzen, sondern mich mit Ihnen an den Fall Dombrowski machen."

Von Bruch lächelte. "Das freut mich sehr. Wie war eigentlich noch einmal dein Vorname?"

"Lars."

"Ich bin Walter."

Dann stießen Sie mit ihren Kaffeetassen an, mit deutschem Kaffee wohlgemerkt, den Werther gar nicht mochte.

"Ich werde dich beim Wort nehmen, Lars."

"Das kannst du, Walter."

Es war noch recht früh, als er nach Hause kam. Er rief Laura an, die nach dem zweiten Klingeln abhob.

"Der Fall ist gelöst", sagte er nur.

"Schön."

"Und, was machst du heute Abend?"

"Ich besuche dich, aber erst später."

Dann sagte sie ihm, dass sie noch an ihrer Arbeit saß und bestimmt noch zwei Stunden brauchen würde. Sie klagte ein wenig über das Los der armen Übersetzerinnen, die entweder mit der Übersetzung interessanter Texte sehr wenig verdienten oder mit der Knochenarbeit an trockenen technischen und juristischen Texten recht gut. Die Übersetzung, an der sie gerade arbeitete, würde vergleichsweise gut bezahlt werden, leider sozusagen.

Er zog sich um und drehte eine längere Runde durch den Englischen Garten, bei der er ein gutes Stück jenseits des Rings Richtung Norden lief, allerdings nicht ganz bis zum Aumeister. Zu Hause duschte er, und als er sich anschließend abtrocknete und sein Blick dabei auf den eigenen Körper im Spiegel fiel, kam ihm unwillkürlich Sabinchen in den Sinn mit ihren süßen Zöpfen, aber nicht zerrissen von ihrer Schuld, sondern unbeschwert, so wie sie möglicherweise nie mehr sein würde. Aber die Gedanken an sie waren schon verflogen, als er sich angekleidet seinen Orangensaft presste, mit dem er dann zurück ins Wohnzimmer ging. Dort schaltete er das Radio an. In Bayern 3 warnte man gerade vor einem unfallbedingten Stau auf der Autobahn Richtung Salzburg. Danach kam Musik, und er lächelte zunächst, denn es war "I Was Made for Lovin' You" von Kiss, dann aber musste er, während er auf die Bäume vor seinem Fenster blickte, an die Sängerin Lena denken, die zu diesem Lied so temperamentvoll über die Bühne gefetzt und später gemeinsam mit ihrer Tochter völlig sinnlos an der A9 südlich von Ingolstadt gestorben war.